CB080511

A MISTERIOSA MORTE DE MIGUELA DE ALCAZAR

LOURENÇO CAZARRÉ

A MISTERIOSA MORTE DE MIGUELA DE ALCAZAR

Romance

BERTRAND BRASIL

Secretaria de Cultura
FAC
FUNDO DE APOIO À CULTURA

Copyright © Lourenço Paulo da Silva Cazarré

Capa: Raul Fernandes
Foto de capa: Lambert/GETTY Images

Editoração: DFL

2009
Impresso no Brasil
Printed in Brazil

CIP-Brasil. Catalogação na fonte
Sindicato Nacional dos Editores de Livros – RJ

C379m Cazarré, Lourenço, 1953-
A misteriosa morte de Miguela de Alcazar: romance / Lourenço Cazarré. — Rio de Janeiro: Bertrand Brasil, 2009.
176p.

ISBN 978-85-286-1379-7

1. Romance brasileiro. I. Fundo de Apoio à Cultura (Brasília, DF). II. Título.

CDD – 869.93
09-1044 CDU – 821.134.3(81)-3

Todos os direitos reservados pela:
EDITORA BERTRAND BRASIL LTDA.
Rua Argentina, 171 — 1º andar — São Cristóvão
20921-380 — Rio de Janeiro — RJ
Tel.: (0xx21) 2585-2070 — Fax: (0xx21) 2585-2087

Não é permitida a reprodução total ou parcial desta obra, por quaisquer meios, sem a prévia autorização por escrito da Editora.

Atendemos pelo Reembolso Postal.

1

HAVERÁ TEMA MAIS TRANSCENDENTE?

Comecemos do início.

Não é moderno, sei. Escritores sofisticados preferem contar suas histórias de trás para diante ou aos saltos, indo e voltando. Uns mais arrojados escrevem até mesmo livros que não têm nem história nem personagens. Mas sou jornalista de profissão e, como todos do meu ofício, pratico o texto claro, legível e cronológico.

Aceito, porém, as críticas que nos fazem. Admito que, em geral, os redatores jornalísticos partem sempre de um mesmo princípio: o leitor é uma besta, e a ele deve-se facilitar tudo. Concordo quando dizem que enredos óbvios e personagens chapados marcam boa parte da produção literária dos coleguinhas.

Porém, não foi essa a orientação adotada aqui. Acreditamos, desde a primeira linha, que esta obra destina-se a um leitor requintado, conhecedor dos clássicos da literatura policial.

Embora comportado no estilo, este livro fornece ao leitor um elevado número de frases rebuscadas — na maioria irônicas — que poderão ser usadas, depois, com grande proveito, em conversações inteligentes.

Os personagens aqui apresentados — seres humanos complexos, de fina inteligência, mas vítimas de incandescentes paixões primitivas — têm profundidade e densidade.

Por fim, a história contada nestas mal traçadas linhas é rocambolesca a ponto de beirar o inverossímil, mas não deixa de ser tocante. Sem me alongar em detalhes, posso anunciar, neste preâmbulo, que o que se discute aqui é, em última instância, a morte, o termo da vida. Haverá tema mais transcendente?

No entanto, essa matéria nobre é tratada com grande leveza. Deve-se ressaltar que este é um livro divertido e movimentado. Assim, o leitor que se delicia com chatices, como o *nouveau roman* francês, pode parar por aqui.

Vamos, pois, à história.

Naquele que foi o dia mais longo que já vivi, acordei por volta das nove horas, me espreguicei e fui ao banheiro. Fiz xixi, lavei o rosto, escovei os dentes, voltei ao quarto, enfiei calça e camisa, e saí porta fora.

Sim, o despertar é pleno de verbos.

Como constataram leitores mais atentos, deixei o apartamento sem comer nada, mas não foi por estar fazendo regime alimentar. Era fim de mês e meu salário havia expirado.

Neste ponto do livro, se fosse dado à análise de questões sociais e políticas, eu provavelmente estaria vociferando contra a exploração dos pobres trabalhadores pelos capitalistas sem coração. Mas não me preocupo com esse tipo de coisa. Segundo meu pai, sou o único pobre neoliberal do universo.

Já que este é um livro sério, devo confessar que minha despensa não estava totalmente limpa. Eu ainda tinha em estoque um pacote de macarrão, dois desodorantes e três tubos de pasta de dentes.

Minha generosa mãe não se importava muito com comida quando eu era pequeno. Não me empurrava papinhas goela abaixo. Para ela, o mais importante era o asseio pessoal. Eu era um guri magro como bicicleta, mas isso não lhe tirava o sono. Ela só ia à loucura quando eu tentava enforcar o sagrado banho diário. Então, ela me lavava na marra e, depois, arrematava a sessão com uns golpes de toalha úmida. A mãe acha que nada de ruim pode acontecer a um cara que tem, por mínimo que seja, um estoque de produtos de higiene.

2

A ATRAÇÃO QUE O TROUXA SENTE PELA CONFUSÃO

Eram nove horas e trinta de uma esplendorosa manhã quando passei pelo Multimídia — José de Ribamar, maranhense, zelador do edifício, apanhador de jogo do bicho no horário do almoço, eletricista e encanador nas horas vagas, e lavador de carro nos finais de semana —, que me perguntou:

— E aí, doutor, vai começar a mentir mais cedo hoje?

— Assim foi determinado pelo Senhor, que é bom e justo — respondi. — Exige Ele que coloquemos em prática o talento que nos concedeu. No nosso caso, Multimídia, fomos privilegiados porque recebemos o mais valioso dom dos dias atuais: o de enganar os outros. Por falar nisso, a torneira continua pingando e o chuveiro dando choque. Vais ou não vais consertar aquilo lá?

— Vamos esperar o dia do seu pagamento, doutor. Hoje em dia, nem relógios trabalham de graça. Só funcionam com bateria.

Nós brincamos disso. Ele finge que conserta minhas tralhas e eu faço de conta que pago a ele. Multimídia vai ao meu apartamento, aperta um ou dois parafusos e estende a mão. Em pagamento, dou-lhe uma moeda. Invariavelmente a de menor valor. Aí, o jogo fica empate, zero a zero.

Era um belo dia de sol, repito. Nesta passagem devo esclarecer que eu estava em Brasília, Brasil, América do Sul. Não havia neve, como num livro russo; nem névoa cinzenta, como teríamos num livro francês. Que fazer? Sigamos com o dia ensolarado, embora reconhecendo que ele não é literariamente sedutor.

Cruzei o estacionamento e caminhei até meu fusca amarelo, ano 1968, vulgarmente conhecido entre os meus amigos como "Revolução de Maio".

Naquela manhã, o bravo carrinho estava feliz. Tinha o tanque bem abastecido. No dia anterior, ele havia bebido tudo que me restava do salário.

Comecei a rodar.

Bem, vejamos. A frase anterior não está boa. Um português jamais a escreveria. Um lusitano diria: Comecei a rodar com o meu carro. Não, não. Diria: O carro começou a rodar, acionado por mim. Não, não, os portugueses sempre são muito exatos. Diria: Dei partida ao motor, depois engrenei a marcha e, então, o veículo pôs-se em movimento.

Rodando a trinta quilômetros por hora, eu me deliciava com a paisagem humana: vestindo macacões alaranjados, garis faziam de conta que limpavam os gramados; frentistas dos postos de gasolina jogavam porrinha; vendedores de carros usados aguardavam, sorridentes, o surgimento de algum otário; policiais militares passeavam pelas calçadas, mãos às costas, com a tranquilidade de quem sabe que os bandidos dormem pela manhã.

Era, enfim, um típico dia brasiliense.

O automóvel rodava e eu olhava invejoso para os prédios onde milhares de funcionários públicos, que ganhavam mais que eu, passavam os dias lendo jornais e revistas, xerocando livrinhos de sacanagem, inventando combinações para ganhar na loteria, imaginando processos trabalhistas contra o governo, bolinando faxineiras e fazendo planos para gastar o décimo-terceiro salário.

Ao contornar a estação rodoviária, para seguir até a sede do jornal, percebi que havia algum rolo na plataforma. Era um corre-corre danado, uma zoeira, um auê.

Embiquei o "Revolução de Maio" e estacionei. Ao puxar o freio de mão, ainda pensei: no jornal, vão me passar um sabão por chegar atrasado à reunião.

Desembarquei. Ao bater a porta do carro, lembrei de meu pai, que vive dizendo:

— Filho, um trouxa não só atrai a confusão. Ele caminha diretamente pra ela, de braços abertos, sempre na hora mais imprópria, no local menos indicado.

Esse otário hipotético, ao qual ele se refere, devo ser eu. Sou filho único.

A passos largos avancei para o enrosco. Penetrei na multidão à força de cotoveladas. No Brasil, se você chega cheio de dedos, com por-favores e com-licenças, os caras te mandam à merda.

Zunzum, peitadas, empurrões, nervosismo, histeria, gritos, pânico, muito sangue e algumas vísceras. Cheguei ao centro da aglomeração.

3

DISCURSO SOBRE A MOROSIDADE DA JUSTIÇA BRASILEIRA

Era um acidente de trânsito.

Um belo acidente, diga-se *en passant*. Do ponto de vista jornalístico, evidentemente. Cerca de dez mortos e vinte feridos.

Para obter detalhes, entrevistei alguns passageiros de um dos ônibus envolvidos no acidente. Enquanto anotava, eu observava a retirada dos feridos. Os socorristas eram tão estabanados que, num primeiro momento, julguei que estavam tentando quebrar os ossos das vítimas que tinham ferimentos menos visíveis. Não há nada tão perigoso para um acidentado quanto a solidariedade afoita de um brasileiro.

De repente, deu-me um estalo. Corri ao telefone público e liguei para a redação:

— Mandem já um fotógrafo. Tá cheio de presunto aqui na rodô.

Presunto, na castiça linguagem dos jornalistas, quer dizer vítima fatal, falecido ou ente querido.

O acidente foi assim: o motorista de um ônibus vindo de Taguatinga, com cem pessoas a bordo — com capacidade máxima, entre sentados e em pé, de 72 passageiros —, não freou no momento em que se esperava que fizesse isso. Destarte, literalmente entrou com seu ônibus para dentro de outro, também superlotado, que manobrava para estacionar.

Esse tipo de batida é conhecido como engavetamento.

Dez minutos depois, quando o fotógrafo do jornal chegou esbaforido, havia ainda cinco corpos enfileirados no chão, cobertos por folhas de jornais.

Aquilo rendeu uma bela foto. Para os padrões brasilienses, me apresso em esclarecer. No Rio de Janeiro e em São Paulo, cena como aquela não impressiona. Certa vez, um editor de polícia de um jornal paulista me disse:

— Pra chacina com menos de sete presuntos nem mando fotógrafo.

Desloquei-me depois para onde os bombeiros estavam tentando, a golpes de machadinha, tirar um ônibus de dentro do outro.

Algumas pessoas ainda agonizavam nas ferragens, para o mal disfarçado gáudio de um repórter de rádio, que estendia para elas seu ansioso microfone.

Em meio ao cenário dantesco, eu processava mentalmente os depoimentos que havia colhido, já pensando no que iria escrever.

Os sobreviventes juravam que o motorista do ônibus que saíra de Taguatinga estava de porre; que fizera a viagem a mais de cem por hora, rindo histericamente; que não se detivera numa só parada intermediária; que xingara meio mundo pela janela aberta.

De repente, um homenzinho colocou-se na minha frente. E disse:

— Felizmente, o motorista morreu, irmão. Seria uma injustiça divina se o mesmo permanecesse vivo depois de tudo o que nos fez passar...

Como não gostei da cara dele e odeio a expressão *o mesmo*, cortei:

— Morreu. Que bom! Está, enfim, descansando junto ao Pai.

— Descansando? Está é fritando no inferno.

— O inferno não tem mais fogo — eu disse. — O Diabo não pagou a conta, cortaram o gás.

— O negócio é o seguinte, irmão — insistiu o baixinho. — Escreva na reportagem que o condutor estava embriagado e que a gente *estamos* a fim de reclamar na Justiça uma indenização da empresa de ônibus.

Aquela frase me impressionou.

Olhei bem para ele. Era um cara de uns cinquenta anos, magro, mirradinho dentro de um terno outrora azul-marinho. Tinha cara e físico de ascensorista de ministério.

— Acho que podes acionar a empresa — eu disse. — Mas, cá entre nós, estarás vivo quando sair a sentença, daqui a uns trinta anos?

— Trinta? — espantou-se ele.

— Ou mais. Essa empresa tem vinte advogados que vão ficar empurrando o processo com a pança, enquanto tu vais cair na mão de um rábula porta-de-cadeia que vai te zerar a poupança. Deixa o processo pra lá, não esquenta!

O baixinho escafedeu-se. Não esperava uma opinião tão rude sobre a advocacia brasiliense. Mas eu sou assim mesmo: gosto de sacudir as pessoas. Especialmente se são menores do que eu. E mais pobres.

4

O VALOR JORNALÍSTICO DE UMA CABEÇA NA PIPOCA

Então, aproximou-se de mim um loiro. Não era muito alto, mas era mais largo que porta de igreja.

— Tu és gaúcho, tchê? — perguntou-me.

— Como descobriste? Pelas impressões digitais?

— Pelo sotaque — respondeu, sério. — Eu vinha no ônibus de Taguatinga. Queres o meu depoimento?

Abri o caderninho e ordenei:

— Desembucha!

— Bah, tchê, o motorista estava num porronaço que dava gosto. Dirigia se cagando de rir. Gargalhou de Taguatinga até aqui. Ria que se mijava. Não adiantava nem apertar a campainha que ele não parava. Não recolhia nem velha em cadeira de rodas. Se veio direto, desembestado. Mas o vivente era bom de braço! Não fez nenhuma barbeiragem até o momento de meter o pé no freio. Aí, falhou. Então, *se estrepemos*. Blam!

Anotei tudo, *ipsis litteris*. Gaúchos são bons contadores de histórias. Um pouco enfáticos, mas bastante sintéticos.

Bati no ombro do alemão e agradeci:

— Obrigado, patrício!

O depoimento daquele sujeito, vertido em língua de gente, brilharia na edição do dia seguinte do *Correio de Brasília*, onde eu exercia meu ofício.

Guardei o caderninho no bolso e fiquei observando o trabalho do fotógrafo, que chegara sem que eu o percebesse. O galalau de dois metros de altura babava de felicidade ao fotografar os corpos estendidos no chão sujo da rodoviária. Exultava, o insano. Acho que um jornalista precisa ser comedido, ter noção de limite. Uma alegria discreta era mais do que suficiente naquele caso.

Por fim, ele veio até onde eu me encontrava.

— A primeira página tá garantida, mano. Isso aqui parece padaria: tá cheio de presunto.

— Avisa no jornal que eu vou até o Hospital de Base — disse a ele. — Vou apanhar a relação dos mortos.

Ele me puxou pelo braço:

— *Cê* viu aquela cabeça que saltou pra dentro da carrocinha de pipoca? Fotografei, meu. Acha que vão ter coragem de publicar na capa?

Não respondi, porque estava sem revólver. A minha vontade era escrever um ponto final na testa dele. Ponto de chumbo. O cara, além de fotógrafo, era paulista. Vê se pode, mano!

5

UM HOMEM SENSÍVEL DIANTE DE UMA CHUVA INJUSTA

Pouco antes das duas, entreguei ao editor-chefe a reportagem sobre o acidente. O meu texto não é lá um primor, reconheço, mas possuo a mais valorizada qualidade de um jornalista: escrevo depressa. Escrevo como falo, e falo como camelô. Minha garganta é azeitada, meus dedos também.

Antes de ler o texto, como eu tinha previsto, ele me passou um sabão:

— A sua mãe morreu, gaúcho?

— Que eu saiba não, chefe.

— Então, por que você faltou à reunião de pauta?

— Por causa do morticínio na rodoviária. Achei que ele me garantiria a manchete de amanhã.

— Reunião de pauta é coisa sagrada. Eu sei que nela nunca se decide nada de importante. Sei também que tudo o que for planejado de manhã será alterado de tarde porque a realidade nunca corresponde ao que nós, jornalistas, esperamos dela. Mas, mesmo assim, não se pode faltar impunemente a uma reunião. Vou ler com cuidado a matéria que você escreveu. Duvido que ela justifique a sua ausência e me impeça de puni-lo.

Aristides Pimenta, meu chefe, é mais conhecido como Pimentão. Características físicas notáveis garantiram-lhe o apelido: ele é realmente grande, pesa mais de cento e dez quilos e tem a cara e o pescoço totalmente rubros, devido a um passado de excessos alcoólicos.

O pobre homem é casado com uma mulher bastante feia. O nariz dela, imenso, é o centro de tudo. Dele partem feixes de rugas que correm em todas as direções. E reúnem-se, depois, creio eu, num ponto qualquer lá atrás, na nuca da referida senhora. Não, a definição não ficou boa. Digamos que tudo o que havia de carne no rosto dela foi, num certo dia, sugado. Depois, numa borracharia, injetaram-lhe um jato de ar na caveira.

Isso não é tudo. Pimentão tem cinco filhas bastante parecidas com a mãe.

O Pimentão podia ser católico, espírita ou protestante, mas ele não aprecia religião *light*. Pertence aos quadros do Evangelho Circular de Nosso Senhor dos Dias que Antecedem o Apocalipse, seita fundada no Piauí, por um ex-sargento da PM baiana.

Enquanto Pimentão lia minha reportagem, fui à lanchonete do jornal, onde, só com muita insistência chorosa, consegui descolar um pastel. Que empurrei goela abaixo com o auxílio de um copo de água da bica. Tristonho, meditabundo, eu mastigava observando o gramado verde.

Lamentei não ser herbívoro naquele momento. De repente, me senti intimamente tocado pela chuva que caía no pátio. Sou meio poeta, um cara sensível. Comoveu-me o aguaceiro generoso que lavava, graciosamente, a numerosa frota de carros do jornal.

A natureza não é justa, socialmente falando. Aquela chuva, por exemplo. Ela deveria cair sobre apenas um carro de cada homem. Lavaria o "Revolução de Maio" e também um carro do patrão. A frota toda, não! De volta à redação, meu exercício filosófico foi cortado pela voz de taquara rachada do Pimentão:

— Considerando que é da sua lavra, até que essa reportagem está razoável, gaúcho. Estaria melhor se você não tivesse escrito perigosamente com z.

Esse é o tipo de piada que ele prefere. Sem graça. Na verdade, de início, eu havia escrito perigosamente com z, mas tinha corrigido a tempo. Reagi:

— Considerando o que me pagam aqui, pode-se até dizer que a reportagem está excelente. Salário não é uma palavra que descreva bem a merreca que eu recebo.

— Pare com o cinismo! — gritou Pimentão, que adora fazer shows na redação. — Não ganho o suficiente pra aturar piadinhas de analfabetos!

Depois, com ar cúmplice, em voz baixa, me disse:

— Esqueça essa materinha vagabunda porque tenho um trabalho fantástico pra você! É uma reportagem que colocará você na história do jornalismo de Brasília.

Senti que estava para embarcar numa fria. Toda vez que Pimentão vem com esse papo de reportagens sensacionais, eu danço. Uma vez ele me obrigou a redigir a notícia da morte de um cara que morreu engasgado com manteiga.

— Está bem, aceito a tal reportagem — aquiesci. — Mas só amanhã. Preciso passar o resto do dia vomitando por causa do que vi na rodoviária.

— Nada disso! Jornalistas são como almas penadas: nunca têm descanso. Você vai partir daqui a cinco minutos, assim que eu lhe passar informações sobre o maravilhoso evento que começa hoje aqui em Brasília.

6

O RISCO DE GIZ QUE NOS SEPARA DA ANORMALIDADE

Todos sabem que os editores de jornal são pessoas particularmente desequilibradas, mas a maioria ignora que eles estão sempre mais atacados nas segundas-feiras. Afinal, foram obrigados a passar o final de semana em casa, sem ter por perto alguém a quem pudessem humilhar ou dar ordens absurdas.

— O trabalho que estou passando a você é tão importante que a pessoa mais indicada pra executá-lo seria eu, eu mesmo, Pimentão, o cão farejador, o craque da reportagem policial carioca nos anos cinquenta.

Além da mulher feia e do salário curto, Pimentão tinha outro motivo para estar agitado. O dia de domingo dele era muito duro. Das sete da manhã às sete da noite, o pobre permanecia na "catedral" do Evangelho Circular, em Ceilândia Norte, cantando e pedindo a Deus a antecipação do juízo final.

— Cobrir esse acontecimento é tarefa pra um profissional que tenha intimidade com a gramática e que seja versado em literatura policial.

— Fale logo, chefe. Qual é o parangolé?

— Pela manhã, recebi um telefonema de um dos meus informantes. Um cidadão estrangeiro. Fonte altamente confiável. Ele me contou que, a partir das três da tarde, no Brasília Palace Hotel, estará sendo realizado o Primeiro Congresso Internacional de Escritores de Histórias Policiais.

— Estás a fim de gozar da minha cara, Pimentão?

— Não é gozação! Brasília vai sediar um congresso que reunirá os maiores escritores de livros de suspense. Veja só: o maior evento literário deste ano, no mundo, será realizado diante dos nossos focinhos! E tem um detalhe: o único jornal presente será o nosso *Correio de Brasília*.

— Ora, se um congresso desses tivesse que ser realizado no Brasil, é claro que seria no Rio de Janeiro ou em São Paulo. Lá, com sorte, os participantes seriam assaltados por pivetes, sequestrados, atingidos por balas perdidas ou mortos numa chacina. E teriam matéria-prima pra escrever livros. Brasília, não, é um marasmo.

— Deixe de ser despeitado, Campestre — Pimentão só usa meu nome quando está furioso. — Você fala mal do Rio e de São Paulo por causa do complexo de inferioridade dos gaúchos. Não se pode esperar muito de quem nasce num Estado onde o crime mais praticado se chama abigeato.

Pausa. Vá ao dicionário, leitor! Procure por lá as palavras abigeato e abigeatário.

Achou? Pois bem, voltemos ao nosso romance.

Pimentão, além de tudo o que alinhei aqui, nasceu no Rio de Janeiro. Digamos que ele é bairrista. Pra ele, na América Latina só tem uma grande cidade. Buenos Aires? Decadente. Cidade do México? Sujinha. São Paulo? Feia.

— O teu informante estava de porre, Pimentão. Estava mamado, borracho, entropigaitado.

— Não me venha com esse desprezível dialeto guasca! Minha fonte é confiável. O congresso se realizará aqui porque escritores de histórias policiais só gostam de violência no papel. Vá agora ao Brasília Palace Hotel. Lá, procure o gerente, o senhor Joaquim Manoel Batota. Ele tem os detalhes do congresso. Respeite-o! É um cidadão português, muito culto, versado em Camões.

— Escritores policiais em Brasília, essa é boa! — resmunguei.

— Tome! Leve o gravador e as fitas. Grave tudo o que for dito por lá. Mas, cuidado: esse gravador custou uma fortuna! Se voltar sem ele, desconto do seu salário. E não tente vendê-lo aos receptadores de muamba!

— E fotógrafo, quem vai comigo?

— Hoje, ninguém. Só amanhã a fotografia estará liberada... Preste atenção: se você conseguir suplantar sua burrice e escrever algo aceitável, posso lhe conseguir duas páginas na edição de domingo. Agora, suma!

Pimentão voltou-me as costas e apanhou a Bíblia que mantém em cima da mesa. Toda vez que bate boca comigo, ele precisa ler uns versículos do Eclesiastes para se acalmar.

Ao deixar a redação, eu meditava sobre a loucura. Pensei: como tantos outros jornalistas antes dele, Pimentão ultrapassou o tênue risco de giz que nos separa da chamada anormalidade.

Quem o teria enganado com aquela lengalenga de Primeiro Congresso Internacional de Escritores de Histórias Policiais? Algum grande gozador, sem dúvida.

Mesmo assim, decidi ir até o Brasília Palace Hotel. Num jornal, você pode tudo: mentir descaradamente, vitaminar os fatos e embelezar a realidade. Só não pode desobedecer a uma ordem, mesmo que estúpida.

No hotel, na certa, eu constataria o trote em cima do meu chefe. E, considerando o adiantado da hora, talvez até descolasse um rango de graça.

Entrei no "Revolução de Maio" e saí atropelando as gotas de chuva.

7

SOBRE A INCIVILIDADE DOS MOTORISTAS CANDANGOS

Mal deixei o estacionamento do jornal, passei pelo cinzento prédio do Tribunal de Justiça. Imaginei que, àquela hora, os corredores deviam estar cheios de advogados, juízes, promotores, prisioneiros, acusados, acusadores, réus e depoentes — a escorregadia fauna que vive às custas desse obscuro negócio chamado justiça.

Certa vez, um gatuno me deu uma esclarecedora definição:

— As Justiças são duas. Tem a de primeira classe, que é a que protege os que têm dinheiro, e a de segunda, que é a que ferra os pés-rapados.

— Você se esqueceu da justiça de Deus — ponderei.

— Essa também não funciona — respondeu ele. — Você já leu o livro de Jó?

O meu interlocutor era um larápio de setenta anos, que entrevistei para escrever uma reportagem nostálgica sobre o tempo em que ainda havia uma certa dignidade no crime, quando bandido era bandido e polícia era polícia.

Numa cela superlotada de uma delegacia no Guará, depois de me relatar como se iniciara, ainda menino, como batedor de carteira nos bondes do Rio de Janeiro, ele disse:

— A coisa tá ruça! Já não existe mais ladrão. Só tem assassino. Todo assalto é arrematado a bala. Se o assaltado tem grana, leva um tiro na boca pra não falar depois de morto. Se não tem, leva dois pra ficar esperto.

Olhando para o Tribunal de Justiça, visualizei mentalmente milhares de processos amarelando em salas mal arejadas: milhões de páginas de péssima literatura servindo de alimento às traças.

A justiça é uma grande e custosa brincadeira. Como se sabe, no final das contas, só uns poucos processos são julgados. Nos casos julgados, raros são os condenados. Dos condenados, raríssimos são os enjaulados. Quase sempre pretos ou pobres.

Dizem que, no Brasil, de cada cem criminosos conhecidos, só vinte são denunciados e apenas um entra em cana. Um cínico acrescentaria que esse único encarcerado é, em geral, inocente.

Não, eu não acredito nesses papos. Isso é coisa de comunista. Eu amo meu país assim do jeito que ele é. Tem um pouquinho de privilégio para os ricos? Tem. Tem um pouco de discriminação contra os pobres? Tem. Mas, no fundo, no fundo mesmo, esta é uma nação verdadeiramente democrática.

Pois bem, eram duas da tarde, e eu — meditando sobre essas elevadas questões — dirigia a quarenta quilômetros por hora pelo Eixo Monumental. Os motoristas que vinham atrás de mim se divertiam cravando o dedo na buzina. Mas eu, nem bola. Não podia correr porque meus pneus estavam totalmente carecas e eu precisaria de, no mínimo, duzentos metros para frear no asfalto molhado.

Logo que conseguiam sair da minha cola, esses motoristas incivilizados me ultrapassavam em alta velocidade. Buzinavam, faziam gestos obscenos e gritavam palavrões. Hábil em linguagem labial, entendi logo que mandavam recados desaforados à dona Mimosa, gentil senhora que me trouxe a este mundo cão.

Minha pobre mãe, indiferente aos desaforos, àquela hora devia estar curtindo a sesta numa cidadezinha perdida no Pampa, a dois mil e quinhentos quilômetros dali.

Passei de novo pela estação rodoviária, mas não olhei para a plataforma. Tive medo de dar de cara com um novo engavetamento e mais presuntos. Para os padrões do jornalismo policial, sou um profissional delicado: não aguento mais do que uma tragédia por dia.

Mais adiante, os Ministérios. Alinhados como gigantescas caixas de fósforo. Verdes. Dentro deles, imaginei, estavam milhares de sujeitos que — arregalando os olhos e sufocando bocejos — lutavam bravamente contra a sonolência pós-almoço.

É dura a vida dos funcionários. Não é moleza ter que redigir, carimbar, protocolar e catalogar milhares de documentos cuja única finalidade é o arquivamento.

8

TEORIA SOBRE O DESGASTE DAS PALAVRAS

Contornei o edifício da Câmara. Pelas janelas envidraçadas, vi seis ou sete caras dormindo pacificamente por trás de suas mesas. No espelho de água, deslizavam cisnes. Gordos. Um deles — pensei, salivando — me resolveria o problema de falta de víveres até o dia do pagamento.

Na frente do Palácio do Planalto, virei à direita. Um soldado de guarda, arma na mão esquerda, tentava com o indicador direito capturar qualquer coisa perdida no interior da narina. Botava muito empenho naquilo. Parecia ser um jovem muito decidido.

Um rapaz que limpa a narina dessa maneira — concluí — é capaz de dar sua vida pela pátria sem vacilar.

A chuva diminuía. Um cheiro bom de terra molhada invadia o carro. Tomado de forte excitação telúrica, botei a cabeça para fora e berrei:

— Primeiro Congresso Internacional de Escritores de Histórias Policiais? Doidices do Pimentão!

Mas, e se fosse verdade?

Respirei fundo. Bem, preparo eu tinha. Comecei cedo: ainda guri, li os livros do Coyote e os de Giselle, a espiã nua que abalou Paris. Depois do ginásio, mergulhei de cabeça nos romances policiais norte-americanos e europeus. Li tudo que me caiu pela frente.

Devo reconhecer, porém, que nunca li nada de filosofia. Meu pai me disse, certa vez:

— Livro de filosofia? Pra quê? Se um sujeito é suficientemente esperto pra descobrir uma boa filosofia de vida, por que vai falar sobre ela? Guarda pra si o segredo. Só os escroques dão receitas, todas fajutas.

Cheguei, enfim, ao Brasília Palace Hotel.

Terminada a chuva, o solzão brilhava lá em cima. A paisagem resplandecia. Estacionei o "Revolução de Maio" à sombra do arvoredo e desembarquei. Gostosamente, enchi os pulmões com o ar úmido porque, dali a minutos, o ar estaria seco de novo. Atravessei o pátio em direção ao saguão penumbrento.

Enterrados no aconchego de amplos sofás de couro, uns dez sujeitos engravatados jiboiavam. Estavam na pose típica de quem comeu com dinheiro do governo: pança estufada, olhos sonolentos, beiços caídos.

Olhei um por um. Nenhum deles tinha jeito de escritor. No máximo, rabiscavam petições. Nenhum deles trazia nos olhos aquela chama de loucura que — achava eu — caracteriza os grandes romancistas do crime.

Dirigi-me à portaria. Por trás do balcão, havia um sujeito pálido como defunto, de traços absolutamente impessoais, como todos os que atendem em hotéis do mundo inteiro. Recebeu-me com a mais gelada das cortesias:

— Pois não?

Seus olhinhos espertos deslizaram pela minha calça jeans, passaram pela minha camiseta de discutível limpeza, subiram para os meus cabelos desgrenhados e se fixaram, por fim, na minha barbicha rala.

— Gostou do tipo que eu faço, rebelde sem causa? — perguntei.

— O senhor deseja o quê? — retrucou o cadavérico, sem perder o rebolado.

— Falar com o gerente desta espelunca.

— O senhor Batota não se encontra no momento. O senhor poderia me adiantar o assunto que deseja tratar com ele?

— Não! Se te adianto o assunto, acabo desgastando as minhas palavras.

— Interessante essa tese sobre a corrosão dos vocábulos — debochou, impassível, o branquelo.

— Não tente plagiar! Já a registrei em cartório. Mas onde anda o nosso lusitano? Estará a vestir as peúgas? Ou terá embarcado num combóio?

— Por acaso, não — disse o porteiro. — Ele já está chegando aqui.

Mal ele pronunciou a palavra *aqui*, senti que uma senhora mão, gorda e forte, circulou meu frágil pulso direito. Uma força hercúlea movia aquela mão, áspera como lixa, dotada de dedos curtos e grossos como tocos de um cabo de vassoura.

Lamentei ter um punho tão delicado. Se tentasse me livrar do aperto, poderia quebrá-lo. Lembrei que o pai vivia insistindo para que eu praticasse esportes, a fim de fortalecer o braço, mas eu, preguiçoso, sempre me esquivava:

— E onanismo, pai? Não é esporte?

9

A PAIXÃO DO NARRADOR PELOS DIÁLOGOS TENSOS

Lentamente, virei o rosto.

Acima da mão que me apertava o punho havia um braço curto e grosso, que terminava num ombro possante. Acima do ombro, flutuava uma cabeçorra, na qual se destacavam dois olhos negros, faiscantes.

Aqueles olhos, sim, possuíam a tal chama de loucura que eu acreditava exclusiva dos grandes escritores.

Concluí que a cabeçorra pertencia a Joaquim Manoel Batota — o tal amigo do Pimentão — quando ele indagou no cantante sotaque da Lusitânia:

— Que queres tu de mim, ó gajo?

— Em primeiro lugar, que não me arranque o braço — gemi. — Estou sem grana pra comprar um travesseiro e este braço tem me quebrado o galho.

— Que beleza! — ele aumentou a pressão. — Pertences ao grupo dos engraçadinhos? Gostas de contar piadas de português?

— Todo dia, não! — gemi. — Só quando me dá na veneta, só quando me baixa a macaca, só quando me bate a passarinha, só quando me dá na telha...

— Deixa-te de brincadeiras! Quem te enviou a mim?

O luso parecia assustado. Minha cabecinha de repórter policial se pôs a funcionar e eu já fiquei achando que ele estava com medo de ser assassinado. Teria cometido crimes em Portugal antes de fugir para o Brasil? Teria, por exemplo, roubado barricas de vinho ao senhor pároco? Pertenceria ao cartel dos contrabandistas de bacalhau?

— Vim mandado por Pimenta; vulgo Pimentão, o crente.

— Ele só me envia repórteres boçais — resmungou o português, e soltou meu braço. — És, então, o encarregado de cobrir o Congresso de Escritores?

— Vai mesmo haver um congresso?

— Só Deus sabe — disse o gerente do hotel e puxou-me para um corredor escuro. — Venha comigo.

Ao final do corredor, ele empurrou a parede de madeira que, silenciosamente, correu para o lado. Havia ali uma porta secreta.

Entramos, e a porta se fechou sozinha por trás de nós.

O sujeito virou-se para mim e eu pude observá-lo bem. Joaquim Manoel Batota media um metro e cinquenta e dois centímetros. Fazia absoluta questão desses dois centímetros. Tinha uma senhora barriga, que lhe nascia um pouco abaixo do pescoço e que lhe descia até quase os joelhos.

Sentou-se numa cadeira giratória por trás de uma mesa abarrotada de livros:

— Tens diante de ti a maior reportagem de todos os tempos. No entanto, olhando para a tua cara de parvo, eu cá me pergunto se terás condições de captar a importância do evento que viveremos daqui a pouco. Sete dos maiores escritores de todos os tempos estarão reunidos amigavelmente neste hotel perdido no umbigo da América do Sul. Terás tu recursos gramaticais para narrar evento de tal grandeza, ó estupor?

— Devo ter. Já fiz coisas piores.

Sou assim mesmo. Não perco chance de melar qualquer conversação. Gosto de diálogos tensos.

A minha frase irritou profundamente o gerente do hotel. Percebi que uma onda de raiva, vinda do coração, escalou-lhe o pescoço e avermelhou-lhe a carantonha.

Falemos dessa cara. O que, de início, mais me chamou a atenção, como já disse, foram os negros olhos alucinados. Depois, me interessei pelas sobrancelhas, largas e compridas como bigodes de açougueiros. Unidas no meio da testa, formavam um insólito, vasto, vastíssimo bigodaço aéreo. Do nariz, direi apenas que tinha a cor, o formato e as rugosidades de uma cenoura, de médias dimensões. Sua grande queixada proeminente lembrava a de uma baleia branca.

— Qual é o teu nome, ó pá?

— Campestre de Campos Campelo — respondi.

— Parece pseudônimo.

— Podia ter sido pior. O pai queria que eu me chamasse Campesino. Sabe como é, ele foi comunista. Mas dona Mimosa, minha mamãe, bateu pé e eu fiquei sendo Campestre.

10

GANÂNCIA, INVEJA, INGRATIDÃO E LOUCURA

O português piscou. Ou seja, ficou indeciso entre eu estar gozando a cara dele ou falando a verdade. Portugueses partem sempre de uma premissa quando falam com um brasileiro: este gajo pretende engambelar-me. Sacudiu a cabeça para recuperar-se do golpe e perguntou:

— Estás armado?

— Não. Ando mal de grana, mas confesso que ainda não pensei em assaltar.

— Num país de tantos criminosos como o Brasil, devemos andar armados — disse ele. — Há milhares de bandidos soltos pelas ruas, matando e assaltando. E, no final, fica tudo por isso mesmo. É insuportável!

— Não seja tão trágico — ponderei. — Olhe a questão pelo meu ângulo. Preciso desses assaltos e assassinatos.

Escrevo sobre eles. A coisa é simples: eles matam e eu relato. Em troca, o patrão me dá um dinheirinho mixuruca, com o qual sobrevivo até o final do mês. A isso, a essa rotina, eu chamo vida, minha vida.

Sou assim, sardônico. Minhas frases sempre escondem um tanto de horror por trás das brincadeiras.

O lusitano moveu-se inquieto na cadeira e retrucou:

— A tua rotina, ordinário, é apenas um fragmento insignificante da grande tragédia humana. Fazes parte de um espetáculo maior, embora sejas mau ator. Já ouviste falar em Shakespeare? O que conheces dele?

— Qual era a área do sujeito? História em quadrinhos?

— *Rei Lear* é a peça de Shakespeare que mais aprecio — continuou o português, sem entrar no meu jogo. — É obra que examina a ganância, a inveja, a ingratidão e a loucura. Em suma, disseca os traços mais marcantes dos seres humanos.

Mal acabou de falar, Joaquim Manoel Batota levantou-se bruscamente da cadeira. Mas isso não o ajudou: ele continuou baixinho.

Aí, lenta e teatralmente, enfiou a mão no bolso interno do paletó e dele retirou um canivete.

Não era um canivete comum, desses que as pessoas usam para tirar sujeira das unhas ou para desmanchar tabletes de maconha prensada. Era daqueles canivetões que têm, além da lâmina, saca-rolhas, abridor de garrafa, termômetro, bússola, tesoura, relógio, calculadora e radinho de pilha.

A lâmina que saltou do miolo do canivete remeteu-me à infância. Lembrei-me do gigantesco facão que era usado pelo açougueiro da nossa rua, lá em Canguçu.

Vagarosamente, o gerente do hotel caminhou na minha direção, recitando um poema de João Cabral de Melo Neto, que hoje sei de cor:

O que em todas as facas
é a melhor qualidade:
a agudeza feroz,
certa eletricidade,
mais a violência limpa
que elas têm, tão exatas,
o gosto do deserto,
o estilo das facas.

Parou a dois passos de mim e perguntou:

— Antes de morrer, me confessarás o teu verdadeiro objetivo aqui. Vieste para me matar ou simplesmente para jogar uma bomba no hotel? Percebi desde o primeiro momento, apesar do teu aspecto de atoleimado, que és um criminoso.

MENTIRA PARA ASSUSTAR BABACAS DO TERCEIRO MUNDO

Ali estava, naquele baita canivete, a confirmação da demência que eu vislumbrara nos olhos de Joaquim Manoel Batota. Das paixões humanas, a que se pronunciava de modo mais explícito no cidadão lusitano era a loucura.

Com o canivetaço apontado para o meu pescoço — que, como todo humano pescoço, não tem osso —, ele continuou:

— Que te parece preferível, pascácio, o impacto seco de uma bala contra os ossos do teu crânio ou o suave deslizar de uma lâmina afiada pela quentura rubra de tua garganta?

O estilo poético dele não era dos piores, mas a frase era assustadora. Como sou especializado em manusear pensamentos tolos em horas impróprias, pensei: com tal elegância no fraseado, este vascaíno, se quiser, entra na hora para a Academia Brasiliense de Letras.

Seguro pela poderosa mão do gerente do hotel, o canivete permanecia a perigosos cinco centímetros da minha carótida, desaconselhando piadinhas, chistes e assemelhados.

Com gestos ainda mais demorados, mas sempre sem tirar os olhos de mim, o português virou-se ligeiramente de lado e, com a mão esquerda, abriu uma gaveta. Dela retirou um revólver. Na verdade, um revolvinho, calibre 22. Talvez aquela arma não fosse capaz de acabar com a minha raça, mas certamente me causaria algum prejuízo.

— Opta, cão dos infernos! — berrou. — Bala ou faca?

Finalmente, compreendi a pergunta dele em toda a sua altura, largura e profundidade. O português não estava brincando. Queria saber se eu preferia morrer degolado ou fuzilado. Não era um dilema filosófico que me atraísse muito. Gosto de discutir questões de menor transcendência. Como, por exemplo: por que o condicionador acaba sempre antes do xampu?

Naquele momento, pela primeira vez na vida, achei que realmente corria o risco de ser mandado para o beleléu.

Aí, me perguntei: que vim eu, descendente da brava estirpe dos centauros dos pampas, fazer nesta terra de árvores enfezadas e retorcidas? Morrer nas mãos de um lusitano lunático? Se vim para morrer, por que gastei tanto com a passagem de avião? Por que não peguei um ônibus?

É assim mesmo. Quando se defronta com a morte, a gente se faz um monte de perguntas. Por que não passei uma cantada na minha prima, aquela gostosa? Por que não fui morar em Florianópolis, que é a cidade preferida dos maconheiros gaúchos? Lá, pelo menos, tem praia.

Suspirei fundo.

Com um insano sorriso pendurado nos lábios, Joaquim Batota aguardava minha resposta. Faca ou bala? Não gosto de questões desse tipo. Prefiro as de múltipla escolha.

— Be-bem — pigarreei, para ver se tirava da garganta o medo que nela se grudara, pegajoso. — Se pudesse escolher um tipo de morte, eu optaria pelo atropelamento. Gostaria de ser esmigalhado por um caminhão carregado com pedras. A morte seria indolor.

— Indolor e sem graça, boçal! Não passas mesmo de um simplório. Não te seduz o crime intrincado, ardiloso, requintado, aquele crime que faz jus às nossas origens latinas? A casca de banana na sala da velha perneta. O álcool combustível na botija do cachaceiro. O claustrófobo preso no elevador de um prédio comercial no final de semana. O aumento na dose da medicação a ser ministrada pelo enfermeiro desatento. A sabotagem nos freios de um automóvel.

Joaquim Manoel Batota parecia político diante de uma câmera de televisão. Uma frase puxava outra e ele se empolgava cada vez mais:

— Pensa, parvo, nos homicídios que são cotidianamente cometidos sem que sejam registrados pelos jornais. Milhares deles nem sequer chegam ao conhecimento da polícia. Crimes perfeitos são praticados no atacado. Aliás, não existe nada mais excitante do que cometer um crime pelo qual não se terá de pagar, depois, à Justiça.

— Aqui no Brasil não é bem assim — contestei. — Rico sempre livra a cara. Só a chinelada vai em cana.

— Não se trata de dinheiro! — atalhou-me. — Estou a falar de inteligência. Há miseráveis que são criminosos espertíssimos. Conheço mulheres simples, lavadeiras ou faxineiras, que moem vidro para colocar no feijão-com-arroz dos seus maridos infiéis. Outras ateiam fogo aos barracos onde eles estão, dorminhocos, a cozinhar a cachaça. Tivemos uma camareira aqui no hotel que matou o marido misturando veneno de rato à farofa. Como ela apimentava muito o feijão, o desgraçado nem percebeu... Por acaso, já notaste que o número de viúvas é mais expressivo entre as mulheres mais pobres?

— Não — respondi, verdadeiramente surpreso.

— Pensa, abobalhado, naqueles crimes maravilhosos que nos são relatados pelos engenhosos autores de livros policiais. Os assassinatos em série. O crime do quarto fechado. O morto assassino. As crianças diabólicas. Os objetos que ganham vida.

— O senhor tem razão — concordei. E, pensando em acalmá-lo, bajulei: — Realmente, a morte pode ser uma coisa de extremo bom gosto e sofisticação.

— Então, como podes tu preferir a sensaboria de um caminhão carregado de pedras?

— Por causa da minha origem, seu Batota. Nós, gaúchos, amamos a simplicidade, até na hora da morte. Uma facada no bucho, um tiro na boca, uma paulada no cocuruto, uma capação sem anestesia. E pronto.

12

ARGUMENTAÇÃO A FAVOR DO SERIAL KILLER

— Gaúchos são primitivos! Eu, nascido na pátria de Fernando Pessoa, prefiro o refinamento. Observa o seguinte: eu poderia, por exemplo, enfiar teus dedos na tomada e depois me deliciar com tua longa agonia.

— Mas, aí, o senhor tomava o choque junto comigo — expliquei.

Às vezes, mesmo nos momentos menos indicados, sinto a tentação de ser didático. O conhecimento me sufoca, se fica apenas dentro de mim. Amo a humanidade, gosto de compartilhar com ela minha cultura. Naquele caso, eu falava com conhecimento de causa. Estudei radiotécnica na Escola Técnica Federal de Pelotas e possuo razoável noção de eletricidade: levei uns dez choques terríveis.

— Eu poderia também amarrar-te os braços e as pernas. Depois, daria um pequeno talho nos teus punhos.

E por aqui ficarias, a esvair-te em sangue. Em quantas horas ficarias inteiramente dessangrado?

Decidi dar trela ao gerente do Brasília Palace Hotel porque, como se sabe, os doidos gostam de papo. Conversaria com ele até que chegasse alguém para me socorrer.

— O senhor tem razão. Estilo é tudo num criminoso. Mas, eu, pelas minhas origens rurais, sou mesmo um bronco. Morte por morte, prefiro a bomba atômica. Uma só explosão leva milhares de pessoas desta para uma melhor.

— Deixa de ser tolo, pá. Só os pacóvios acreditam na existência da bomba atômica. Ela é uma mentira de russos e americanos para assustar os babacas do Terceiro Mundo.

Olhei espantado para Joaquim Manoel Batota. Sem dúvida, ele era um biruta acima da média.

— O senhor não gosta de *serial killers*? — indaguei.

— Claro que não! São imbecis notórios, já que sempre acabam mortos. O mais doce de um crime é a sensação posterior de impunidade.

— Gosto dos *serial killers* — falei, só para contrariá-lo. — Eles sabem transplantar a eficiência americana para o morticínio. Ninguém mata mais gente em menos tempo do que um americano, gastando um mínimo de projéteis.

Sem perceber a agudeza da minha argumentação, Batota virou o pulso que empunhava o revólver e consultou o relógio. Também aproveitei aquele momento para olhar o meu. Estava curioso para conhecer a hora exata da minha morte. Faltavam dez minutos para as três da tarde.

Inquietei-me. Teria o português predileção pelas horas redondas?

— Vamos que está quase a começar o nosso congresso — disse o português e guardou o revólver na gaveta. — Passaste no meu teste de coragem. Embora tolo, não és dos mais cagões.

Em seguida, num gesto rápido e elegante, ele embolsou o canivetão.

Uma onda de raiva subiu-me à cabeça. Maldito portuga! Tudo não passara de brincadeirinha. Pensei em baixar o braço nele. Mas desisti logo porque o português era — como dizem na minha terra — mais reforçado que sapato de padre, mais pescoçudo que touro de exposição e mais forte que enfermeiro de hospício.

Durante o tempo todo da brincadeira eu permanecera firme, mas, ao final, me veio uma formidável frouxidão nas pernas. Manaram suores por todo o meu corpo e eu senti a urgente necessidade de recolher-me a um local privado.

— Cadê o banheiro? — perguntei.

— Ali — disse o Batota e apontou para uma porta onde se lia: Perigo. Depósito de Produtos Químicos.

Minutos depois, aliviado, em companhia do português, deixei o escritório.

— Vai haver mesmo esse tal congresso? — perguntei, já no corredor. — Pensei que não passava de um trote em cima do pobre Pimentão.

— A pensar morreu um asno com tua idade. Fui eu quem passou a informação ao Pimenta, grande camoniano, excelente cidadão, cristão convicto.

— É um homem muito comedido — ironizei.

Chegamos ao saguão.

Vários dos sujeitos engravatados tinham resvalado para o sono.

— Esses pobres diabos vêm de todos os cantos do país tratar aqui em Brasília de assuntos de seus municípios — disse Batota. — Mas não conseguem audiências nos Ministérios, e vão ficando. Está vendo aquele ali, o que tem cara de índio? Vai completar um ano neste hotel. É o Zé Tapajós, que veio de Macapaiutubanarema, no Amazonas. Ouviram falar por lá que já foi inventada a penicilina; Tapajós quer umas doses. Mas parece que o encarregado dos remédios no Ministério da Saúde foi fazer doutorado na Inglaterra.

13

A SECRETA LIGAÇÃO ENTRE GARÇONS E LADRÕES

Chegamos aos elevadores.

O ascensorista do hotel tinha, como todos os seus irmãos de ofício, uma tremenda unha de cinco centímetros no dedo mínimo da mão esquerda. Unha que lhe servia para a exploração das côncavas cavernas dos ouvidos.

— Que andar, seu Manoel? — perguntou o unhudo quando embarcamos.

— Todos! Aperta em todos que nós desceremos no que mais nos aprouver! — explodiu o português. E voltando-se para mim, já recuperado do súbito acesso de raiva, explicou: — Temos cinquenta apartamentos neste hotel. Vinte no primeiro andar e vinte no segundo. No terceiro, ficam as dez suítes onde acomodamos os hóspedes de maior importância.

Descemos no terceiro andar.

Abrindo os braços, Joaquim Manoel Batota sussurrou:

— Aqui estão eles. Quatro gênios à nossa esquerda, três gênios à nossa direita. Quantos mortais no mundo inteiro tiveram o privilégio de vê-los reunidos, de ouvi-los, de admirá-los? Nenhum.

A voz do lusitano tremia de emoção. Respirou fundo, passou a mão pelos olhos marejados e acrescentou:

— Por quarenta e oito horas as sumidades permanecerão neste hotel. Terão várias reuniões de trabalho. Somente duas pessoas poderão permanecer na sala de debates: eu e tu. Um garçom virá eventualmente. Cheguei a cogitar de um tradutor, mas os escritores o recusaram. Todos sabem falar inglês, francês ou espanhol. Falarão na língua que bem quiserem. Qual desses três idiomas sabes falar bem?

— Bem, nenhum — respondi. — Mas me defendo em portunhol porque me criei na fronteira com o Uruguai. Arranho um pouco de francês, e dou uns tapas em inglês, que é a língua mais primitiva do mundo.

— Como assim? — irritou-se o Batota. — Como podes dizer que o idioma de Shakespeare é um dos mais primários do mundo?

— Por causa da conjugação do verbo *to be* — expliquei. — Veja só: *you are, they are*. É como se a gente dissesse em português: tu és, eles és.

— Talvez tenhas um pouco de razão — resmungou o gerente do hotel.

Batota caminhou até o final do corredor. Lá esfregou vigorosamente as mãos antes de escancarar uma porta na qual se lia: Sala de Reuniões.

— Já está quase na hora de os nossos gênios saírem da toca.

Entramos. A sala media uns quarenta metros quadrados e tinha trinta poltronas, no máximo. Ao fundo, sobre um palco elevado, encontrava-se uma mesa redonda, em torno da qual havia sete cadeiras de assento e espaldar estofados em veludo. Em cima da mesa, microfones, blocos de rascunhos e canetas.

Batota apontou para um dos cantos do estrado, onde estavam duas cadeiras comuns, e disse:

— Nós vamos ficar ali, perto dos escritores. Nunca, mesmo que passes o resto da porca da tua vida de joelhos, me agradecerás pelo favor que te presto hoje.

Subimos ao palco e, calados, tomamos posse de nossas cadeiras.

Mal sentamos, ingressou no salão um sujeito vestindo calça preta, paletó branco, camisa branca e gravata borboleta preta. Sem muito esforço, concluí que devia ser o garçom. Mas, surpreso, percebi que aquele era o primeiro garçom que eu via usando óculos de lentes grossas como fundo de garrafa. Lembrei-me de uma frase que o pai repete sempre que vamos a um restaurante:

— Nunca vi ladrão de óculos nem garçom míope. Até nisso eles se parecem bastante.

O garçom curvou-se diante de Batota e indagou:

— Alguma recomendação especial?

— Permanece invisível o tempo todo. Materializa-te apenas quando precisarmos de ti.

14

SANGUE, SEXO E SOBRESSALTOS

Desaparecendo o garçom, o português voltou-se para mim:

— Espero que nossos geniais escritores sejam pontuais. Existe um esquema minucioso de ingresso no salão. Cada um entrará um minuto depois do outro. A ordem foi estabelecida por sorteio.

Consultei meu relógio: três horas em cima da pinta.

Voltei os olhos para porta e, um segundo depois, vi adentrar o salão de reuniões do Brasília Palace nada mais nada menos que *lady* Águeda Christine, a quase centenária primeira-dama do crime inglês.

Foi demais para o meu futebol. Agarrei-me à cadeira e fechei a boca para que o coração não me escapasse por entre os dentes. Ali estava em carne e osso — ou, mais apropriadamente, pelancas e ossos — a autora de clássicos como *O Assassinato no Expresso Liverpool-Manchester* e *O Sucessivo Falecimento de Dez Meninos de Cor*, a criadora do famoso detetive Herculano Poire.

Águeda Christine era mais alta, mais magra e mais velha do que eu pensava, mas reconheci-a pelos cabelos pintados de azul. Logo meus olhos correram para as mãos da escritora inglesa. Eu sabia que era apaixonada por joias. Naquele dia ela usava oito anéis de diamantes, grandes como bolas de gude.

De imediato, liguei o gravador.

Joaquim Manoel Batota não se aguentou dentro das calças e correu até ela e, meio ajoelhado, resfolegante, babujou-lhe as joias.

— Credo! — disse Águeda Christine, em português, com forte sotaque mineiro. — Não era de boa safra o vinho *qui'ocê* andou bebendo: Chateau Gauchier, 1972.

Incrível! A escritora inglesa havia descoberto a marca e até a safra do vinho só pelo bafo do portuga!

— Brilhante descoberta, *lady* Águeda! — extasiou-se o Batota. — Era mesmo Chateau Gauchier, mas não atentei para o ano da safra. Depois do almoço, por saber que teria de falar com os escritores, escovei furiosamente os dentes, língua e gengivas. Mas como pôde a senhora descobrir que...

— Uai! Depois da criação de Sherlock Holmes, todos nós ficamos bem mais observadores.

— É fantástico! — continuou o gerente do hotel. — Eu bebi apenas...

— Dois cálices!

— Como a senhora descobriu até mesmo o número de cálices? — perguntou Batota, olhos esbugalhados.

— Pelas raias vermelhas nos seus olhos, bobão!

— Estou simplesmente bestificado. Venha comigo, *lady* Águeda, vou conduzi-la ao lugar que lhe cabe à mesa. Mas, diga-me: onde a senhora aprendeu a falar tão bem o português?

— Em Londres, com o meu jardineiro, um rapaz de Governador Valadares, chamado Bonifácio. Toda hora ele virava pra mim e recitava um trechinho de *Os Lusíadas*. A parte que eu gosto mais é aquela que diz assim:

Antes, em vossas naus vereis cada ano,
Se é verdade o que meu juízo alcança,
Naufrágios, perdições de toda sorte,
Que o menor mal de todos seja a morte!

— Lúgubre, mas estupendo! — entusiasmou-se o português.

— *Os Lusíadas* é um belo livro de aventuras: viagens, tempestades, guerras, cobiça, mulheres bonitas. É disso que gostam os leitores.

— Belíssima tese! Concordo inteiramente com ela. Mas, diga-me, que faz a senhora para ter tantos leitores em todo o mundo?

— Repito a fórmula dos jornais populares: sangue, sexo e sobressaltos.

— Discordo! — disse Batota, lançando um olhar enviesado na minha direção. — A senhora está sendo muito modesta. É a vossa imaginação muito fértil que vos permite inventar tantas histórias maravilhosas.

— Deixa de ser bobo, sô! Invento nada, não. Os fatos mais estúrdios acontecem primeiro com as pessoas, só depois é que surgem nos meus livros.

15

A PAIXÃO BRASILEIRA POR CHOPE E DANÇA

A segunda escritora a adentrar o salão, exatamente um minuto depois, foi a impressionante Fedorova Smerdlova Dornascostasviskáya.

Era outra santa que tinha lugar no altar dos meus deuses da escrita. Mundialmente famosa, ela havia passado quarenta dos seus cinquenta e oito anos nas prisões da Sibéria. Durante trinta anos esteve em cana, na jaula propriamente dita. O decênio restante ela viveu, ainda menina, numa casa ao lado da prisão onde se achava preso seu pai, o poeta anarquista Fiodor Iuri Ivan Igor Dornascostasiévisky.

Sou capaz de jurar que ela tinha uns cinco centímetros a mais do que a altura registrada na sua biografia oficial, que era de um metro e oitenta.

Seu rosto tinha a cor de uma barra de giz. Por isso, ganhavam força o vermelho do batom que ela usava nos lábios grossos, o carmim que ostentava nas bochechas e o preto do rímel que lhe sublinhava os esgazeados olhos cinzentos.

Não sou especialista em vestuário, mas julgo que o roxo da saia xadrez que ela vestia não combinava bem com os finos riscos amarelos da blusa vermelha nem com o estampado do blêiser verde-limão.

— Boa tarde, apostemas! — gritou para nós a escritora russa, com sua voz de baixo profundo, num fortíssimo sotaque nordestino.

Fedorova trazia firmemente preso entre os dentes um charuto cubano de dez centímetros. De circunferência. O comprimento era o dobro.

Ela avançou a passos largos pela sala e, com um salto acrobático, pulou para o palco, que tremeu e gemeu. Com um alentado suspiro, causador de pequena tormenta que movimentou as folhas do bloco de anotações, ela sentou-se ao lado de Águeda Christine.

A seguir, seus olhos correram nervosos pela sala, como que procurando microfones escondidos.

— Isso aqui mais parece um velório, cacete! — exclamou. — Cadê a música? Russos não fazem nada sem bebida e dança. Dizem que a grande paixão dos brasileiros é por chope e dança. Cadê os músicos?

— Bem, não me foi dito que deveria providenciar música — desculpou-se Batota, curvado diante de Fedorova.

— Me diga, cabra da peste, onde estão aqueles pretos e pretas, seminus, que rebolam, obscenos, ao som de pandeiros e tamborins? Por aqui só vejo rostos sombrios. Onde está a histérica alegria dos brasileiros?

— Bem — murmurou Batota, zonzo.

— Deixe de embromação, seu filho de uma égua. Onde está a cachaça? Você deve saber que um russo, quando abre uma garrafa, só para de beber quando ela fica seca ou quando ele próprio vai pro hospital.

— Bebida eu posso conseguir imediatamente — disse o gerente e bateu palmas.

Como combinado, o garçom surgiu do nada.

Erguendo o braço e agarrando o garçom pela lapela, a autora de *Contravenção e Penalidade, Um Dia na Vida de Ivã, o Terrível* e *Guerra é Guerra* gritou:

— Você, seu amarelo, traga logo uma garrafa de cana! Pode ser de qualquer marca, mas tem que estar cheia até os cornos!

O garçom chispou dali.

Fã de carteirinha da escritora russa, eu estava aparvalhado. Agarrado à cadeira, eu mal conseguia disfarçar os tremores que me percorriam o corpo. Quando, por fim, ela dirigiu seu olhar na minha direção, quase me derreti de tanta emoção.

— Estou avexada com Brasília. Isso aqui lembra Moscou. Milhares de gordos engravatados andando em carros negros, um bêbado em cada esquina e mendigos por todo lado. Realmente, estou me sentindo em casa.

— Diga-me, senhora, onde aprendeu a falar esse português castiço? — indagou Batota.

— Na Sibéria, com um vigarista cearense chamado Alencar. Ele foi pego vendendo vodca falsificada no Metrô de Moscou. Cumpriu pena de trabalhos forçados na Sibéria. Na prisão de Gorógrado, fundou uma fábrica de redes. Foi lá que conheci o grande Alencar, que consertava relógio no escuro usando só os cotovelos...

16

PROPENSÃO PARA TRAÇAR TRIBUFUS E MOCREIAS

A russa interrompeu a falação no exato momento em que entrava na sala o conhecido escritor francês Georges Sim Et Non, criador do casmurro detetive Jales Maigrot.

À beira de um ataque de nervos, eu simplesmente parei de respirar. E não me lembrei de recomeçar.

Sim et Non é um dos meus escritores prediletos. Tenho mais de trezentos dos romances que escreveu. Reli inúmeras vezes os três livros mais importantes dele: *O Homem que Via Passar o Avião, Sangue na Névoa* e *O Cachorro Verde-Amarelo*.

Pequeno, magro, ligeiramente encurvado, Sim Et Non tinha as mãos enfiadas nos bolsos da capa de gabardina, que estava com a gola levantada. Segurava entre os dentes a haste de um cachimbo fumegante. Com passinhos miúdos e rápidos, dirigiu-se ao estrado. Parou por trás da cadeira que lhe cabia, segurando o recosto.

Seus olhos claros, de um verde esmaecido, giraram em volta. Detiveram-se uma fração de segundo a mais em mim, que estava agonizando, quase morto de falta de ar. Com o choque daquele olhar gelado, recomecei a respirar.

O francês sentou-se e, depois, em voz alta e forte, com acentuado sotaque carioca, cheio de xis inexistentes e de erres arrastados, dirigiu-se ao Batota:

— Meu irmão, me diga um negócio: não vamos ter *recepcionixtaix* neste congresso? Falo de *garotaix*, claro.

Havia desapontamento na voz dele. Era do conhecimento geral que ele apreciava mulheres jovens e bonitas, especialmente se desfrutáveis. Mas também era famosa sua propensão para, na falta daquelas, traçar tribufus, mocreias e jaburus. Papava o que pintasse. Sua fama de mulherengo empedernido e de amante frenético corria o mundo.

— Não, mestre! — disse Batota, e vergou-se tanto que parecia decidido a lamber o chão.

— Putisgrila! Já que estamos nos trópicos, pensei que teríamos aqui tradutoras, estenógrafas e massagistas — disse o francês, e passou o dorso da mão pelos beiços para recolher a saliva. — Enfim, exemplares da população nativa: morenas, negras, índias, mulatas, mestiças.

— Bem, ficou acertado que, além dos escritores, apenas eu e este jornalista poderemos...

— É homem demais pro meu gosto — lamentou Sim Et Non. E, depois de lançar um rápido olhar a Fedorova e

Águeda Christine, perguntou: — E escritoras, teremos outras? Mais jovens?

— Bem — pigarreou Batota. — De mulher, aqui, está faltando apenas dona Miguela de Alcazar y Casas de Bourbon.

— A bruxa espanhola? Pensei que ela já estivesse no inferno dando trabalho ao Diabo — disse o francês, rosto franzido pelo desprezo. Mas, em seguida, se recompôs: — Bem, quero dizer, eu nem me lembrava mais dela.

— Pelo esquema que tenho em mãos — o português consultou um papelucho —, ela deve entrar agora. Ficou definido que ela seria a quarta escritora a adentrar esta sala. Portanto, neste exato momento...

Com um rápido giro de pescoço, todos — escritores, Batota e eu — nos voltamos para a porta. Foi um gesto único, orquestrado, embalado pela ênfase das palavras do português. Estávamos certos de que veríamos se enquadrar na moldura o rosto seco e enrugado da velha escritora espanhola.

Miguela não dava as caras.

— Vixe santa, o que estará fazendo a megera? — perguntou Águeda Christine. — Espanhóis não costumam se atrasar.

17

MORTE É SEMPRE A PRIMEIRA HIPÓTESE

De repente, para surpresa geral, o que apareceu na porta foi a pálida cara de lua de Dax Chamber, o mais famoso autor americano de livros e de roteiros policiais. Depois de observar-nos com atenção, um por um, ele perguntou, ansioso:

— Mas, bah, tchê, adonde está a Miguelita?

Eu já não tinha mais espanto para gastar. Acabava de ver, em questão de minutos, quatro dos meus maiores ídolos literários, todos falando em português, cada um com um sotaque diferente. Mas, para culminar, ali estava Dax Chamber utilizando-se do mavioso sotaque da minha terra. Se quisesse ter uma emoção à altura, eu precisaria sucumbir, cair vítima de uma síncope.

Notei que o rosto do americano empalidecia. Visivelmente, o sangue que lhe alimentava as veiazinhas da face — conferindo-lhe um tom róseo — fugia-lhe do rosto.

— Adonde anda a baixinha? — insistiu ele. — Ela deveria entrar antes de mim.

Todos os outros escritores se movimentaram, inquietos, nas cadeiras. A espanhola havia sido a única a não descer para o almoço. Comera no apartamento mesmo. Fedorova tossiu e a caneta que estava diante dela rolou até o centro da mesa.

— Ora, ela deve estar em seu apartamento, preparando-se — disse Batota, sem muita convicção. — Na certa, atrasou-se um pouquinho.

— Miguela é pontual — comentou lady Águeda. — Sempre chega na hora marcada que é pra poder aborrecer, por mais tempo, a paciência dos outros.

— Mas, bah, viventes, me digam uma coisa: adonde é que se enfiou a castelhana? — repetiu Dax Chamber.

O rosto do americano — que lembrava um prato, no formato; uma geleia, na consistência; e um lençol, na cor — mostrava grande preocupação.

Todos os presentes se entreolharam, cismados.

A primeira a sair do torpor foi Fedorova:

— Onde está o corno do garçom que não volta com a minha pinga? Será que o condenado aproveitou a viagem pra assassinar Mikahilucha? Ou será que os agentes da KGB, que estão sempre tentando me matar, se enganaram de apartamento e eliminaram a velha?

— Batata. Morte é batata — disse Sim Et Non e soltou uma tétrica baforada de cachimbo. — Num congresso de escritores de histórias policiais, morte é sempre a primeira hipótese a ser levada em conta.

Senti que havia uma carga elétrica no ar. Todos trocavam rápidos olhares escorregadios.

A pergunta de Dax Chamber — sempre pronunciada no mais genuíno gauchês — veio em nova roupagem:

— Mas eu pergunto pra vocês, baguais, adonde está a petiça?

De repente, ao lado de Dax Chamber, surgiu um homenzinho entalado num terno negro. Por baixo de uma basta cabeleira espetada havia uma máscara amarela na qual se destacavam dois olhos rasgados, nada mais que finos traços horizontais. Meu combalido coração mais uma vez disparou. Aquele era, sem dúvida, Foo Lee Shi Man, o genial escritor chinês.

Passando à frente do americano, Foo disse:

— A morte, mano, se confunde com o sono mais profundo. Ou dona Miguela está ferrada no sono, ou foi ferrada pela morte! As chances de que esteja viva, meu, são de cinquenta por cento.

Além do *mano* e do *meu*, Foo Lee Shi Man havia dito *cinqueinta por ceinto*. Seu sotaque, concluí, era paulistano, do Bexiga.

18

RECORDE MUNDIAL DE MOVIMENTAÇÃO EM ELEVADOR

Morte. Também nas frases do escritor chinês estava embutida a mais terrível das palavras. Quando renomados autores de livros policiais utilizam a palavra morte ao mesmo momento, as pessoas ficam tensas. Foi o que aconteceu por lá.

Continuamos trocando olhares. Surpresos, espantados, inquietos, assustados, interrogativos e suspeitosos. Exatamente nessa ordem. Se nossa imobilidade persistisse por mais tempo, faltariam adjetivos para descrever nossos olhares.

Batota foi o primeiro a reagir à tétrica insinuação. Saltou da cadeira e, apressado, deixou a sala de conferências. Eu me fui nas pegadas dele.

Ofegante, o português deteve-se diante da porta do apartamento de número 1313, ocupado por Miguela de Alcazar. Após um segundo de hesitação, bateu de leve.

Nada de resposta.

Estávamos já cercados pelos escritores. O silêncio era profundo, mas eu imaginei escutar a barulheira dos cérebros deles, funcionando a mil.

Mais uma vez o gerente do hotel bateu à porta.

— O silêncio está cheio de punhais sedentos — disse uma voz rouca.

Voltamo-nos todos na direção daquela voz, que pertencia a um homem muito velho, de arrepiadas sobrancelhas grisalhas, que, apoiado numa bengala, vinha pelo corredor.

— É Jorge Luís Borgias — sussurrei para Batota.

— Eu sei.

— É Borgias — continuei, excitado. — O poeta cego de Buenos Aires, o maior escritor das Américas, senhor das adagas, rei dos labirintos, domador de tigres, semideus dos espelhos...

— Para de veadagem, parvo! — rosnou o português para mim, e, em voz alta e clara, indagou do recém-chegado: — O que queres dizer com este negócio de punhais sedentos?

Borgias deteve-se perto de nós:

— De qualquer maneira, você está em mau lençol, gerente. Se Miguela de Alcazar estiver morta, será o fim deste hotel. Jornais de todo o mundo dirão que, no Brasil, os turistas são assassinados até mesmo dentro dos quartos. Porém, se ela estiver sesteando, será ainda mais terrível, porque os espanhóis não abrem mão do sagrado direito de tirar uma soneca em paz.

Batota levou o indicador à fronte e o girou. Na sua opinião, o famoso Borgias não passava de um maluco. Depois, como para afrontar o poeta argentino, esmurrou com força a porta do número 1313. E resmungou:

— Se essa rapariga tentar xingar-me, meto-lhe o braço!

Passou-se um longo minuto, e nada.

Vendo o garçom que chegava equilibrando numa bandeja uma garrafa de cachaça, Batota berrou:

— Corre à portaria e traze-me a chave-mestra. Já!

O garçom fez meia-volta e enfiou-se pela porta do elevador que o havia trazido.

— A minha birita! — urrou Fedorova. — Puta que pariu esse garçom! Eu devia dar-lhe um murro nos cornos! Vou morrer de sede! Volte aqui, seu chifrudo!

— O serviço aqui é ruim demais da conta — comentou Águeda Christine, torcendo o nariz. — Os nativos são todos meios cansadinhos.

Como que para contrariá-la, o elevador se abriu e dele saiu o garçom. Tinha batido o recorde mundial de descida e subida de elevador com bandeja. Fedorova voou em direção à garrafa de cachaça, derrubando Foo Lee Shi Man e Borgias.

— Perdão, oxente, mas eu não suportaria ver esse baitola desaparecer outra vez com a minha pinguinha — disse a escritora russa, à guisa de desculpas, e arrancou com os dentes a tampa da garrafa.

Ofegante, o garçom entregou a chave-mestra ao gerente do hotel.

Lenta e silenciosamente, Batota enfiou a chave na fechadura. Ainda mais vagarosamente a girou. Ouvimos um estalido. Em câmera lenta, o gerente foi abrindo a porta do apartamento 1313.

19

O RISCO QUE SE CORRE AO BEBER UÍSQUE DO PAÍS ERRADO

Os escritores, Batota, o garçom e eu formávamos um bolo compacto de gente ansiosa. Nossos olhos comiam cada centímetro de abertura, corriam para cima e para baixo, varriam o carpete e as paredes do quarto de Miguela de Alcazar.

— O que os olhos não veem o coração não sente — disse Borgias, com forte entonação de desprezo.

Olhei surpreso para ele. Como podia um gênio usar uma frase tão vulgar?

Então, por fim, vimos Miguela de Alcazar y Casas de Bourbon. Estava a cinco metros de nós, sentada numa confortável poltrona, junto à janela, lendo.

Respirei aliviado.

Naquela hora, pensei que se um artista quisesse retratar a paz devia pintar aquela empertigada mulherinha lendo, tranquila.

O português sussurrou:

— Está tão entretida a ler que se esqueceu do compromisso. Que serenidade!

— Está pra lá de serena, meu — disse Foo Lee Shi Man. — Eu escreveria: está assustadoramente tranquila. Não, mano, eu escreveria: está mortalmente calma.

As palavras do chinês — autor de livros famosos como *Guerra na Praça da Paz Celestial* e *Arroz Envenenado* — caíram como um balde de água fria sobre nós.

— Valha-me, Jesus! — murmurou Batota e avançou pelo quarto.

Deteve-se a um metro da poltrona e, espichando o tronco, observou atentamente o rosto de dona Miguela. Por fim, sussurrou:

— Parece não respirar.

— Caraca, malandro! — disse Sim Et Non. — Na França, pessoa que não respira quase sempre está morta.

— Sim, a morte esteve por aqui — acrescentou Borgias. — Sinto seu cheiro no ar. Exala odor pestilencial. A traiçoeira morte caminha silenciosamente como os tigres. Conheço-a há muitos anos, mas tenho conseguido enganá-la até hoje. Espero dar de cara com ela só depois que embolsar os dólares do Prêmio Nobel, se é que serei laureado. Com aquele dinheiro talvez consiga corrompê-la. Na América Latina, até mesmo a morte é subornável.

Concluída a frase, o argentino rompeu a gargalhar como um possesso.

— Bah, não tem nem dúvida — disse Dax Chamber. — A espanhola bateu com a alcatra na terra ingrata, deu com o rabo na cerca, defunteou-se.

— Cacete, mermão! — explodiu Sim Et Nom. — Este congresso não vai ser apenas teórico. Será prático também porque já temos uma morte pra desvendar.

— Bah, me deixem examinar — disse Dax Chamber, e saiu do meio do bolo em que estávamos imprensados. — Pode ser que essa velhusca esteja se fazendo de morta só pra gozar das nossas fuças.

— Nada disso! — berrou Batota e, metendo a mão no peito do americano, o empurrou para fora do quarto. — O Brasil não é um país sério, eu sei. Os brasileiros são profundos conhecedores das leis, mas só para poderem burlá-las. Porém, como somos estrangeiros, temos que chamar a Polícia. Afinal, o país é deles.

— Chamar a Polícia brasileira? — perguntou Foo Lee Shi Man. — Pra matar quem, meu?

— Basta de piadas! — urrou o português. — Ninguém entra neste apartamento, e pronto! Vossas senhorias deixariam muitas marcas por todos os lados e atrapalhariam o trabalho posterior da Perícia Criminal...

— Aprecio demais da conta o seu humor finíssimo — disse Águeda Christine, e riu com o cantinho da boca. — Muito bem, *ocê* vai chamar peritos em quê? Em samba? Maracutaias? Ziriguiduns?

— Os espelhos não refletem o magro rosto da morte — disse o poeta argentino. — A eternidade foi aprisionada nos livros. O tempo não passa de uma execrável metáfora escrita nas listras de uma zebra. Não acredito na dupla imortalidade: ou morrerei eu, ou morrerá o Outro, o Impostor.

— Né nada disso, sô — disse a escritora inglesa a Borgias. — O seu uísque, meu velo, é que foi produzido no Paraguai. É por isso que ele lhe fez tanto mal. É por modo desse uísque *qu'ocê* está tendo essas visões.

— Calai-vos, por favor! — chiou Batota. — É espantosa a vossa falta de humanidade! A mais famosa escritora espanhola morreu no meu hotel e os senhores e as senhoras se soltam a dizer disparates. Silêncio, que vou ligar para a Polícia!

20

QUANDO A MATÉRIA-PRIMA É A TRAGÉDIA

É claro que os escritores não se calaram. Continuaram a entrecruzar diálogos nervosos enquanto Batota disparava telefonemas em busca de uma autoridade policial disposta a vir dar uma olhada na falecida.

Apesar do gravador ligado, fiquei de costas contra a parede, anotando, furiosa e cuidadosamente, o que via à minha frente: gestos, tiques e cacoetes dos escritores. Registrei também algumas frases. Frases insólitas, frases que, bem analisadas, poderiam ter outros significados além do que o mero alinhamento das palavras parecia indicar. Frases comprometedoras que eu poderia, mais tarde, verificar no gravador que mantinha ligado.

Naquele momento, eu me sentia um grande profissional do jornalismo. Subitamente, minha reportagem ganhava intensidade. Ela simplesmente se iniciava com a morte de uma das mais famosas romancistas do mundo. Era sorte demais! Quero dizer, do ponto de vista jornalístico.

De repente, uma ideia penetrou minha cabeça com a fulguração e a contundência de um raio: eu, Campestre de Campos Campelo, jovem e modesto repórter do *Correio de Brasília*, era simplesmente o único jornalista de toda a vasta terra a presenciar um acontecimento histórico — a morte de Miguela de Alcazar justo num congresso de escritores policiais.

Um tremor nervoso me sacudiu dos pés ao cabelo.

Num dia chuvoso de fevereiro de 1978, nas primeiras páginas de todos os jornais de todo o mundo: lá estaria a minha assinatura. *By* Campestre de Campos Campelo, *from* Brasília. *Pour* Campestre de Campos Campelo, *en direct* de Brasília. Abaixo das manchetes garrafais, meu texto. Nervoso e irônico. Vívido. Envolvente. Uma obra-prima de concisão, segundo o *The New York Times*.

Suspirei fundo e passei a mão pela testa úmida para secar o suor e afastar o delírio.

De que teria morrido a maior escritora espanhola de todos os tempos?

Uma banal morte por velhice empobreceria o meu relato, mas um assassinato...

Eu queria travar aqueles pensamentos para poder me concentrar nas anotações, mas a excitação era muito grande. A reportagem que eu escrevesse a respeito daquela morte, morrida ou matada, seria vendida para o mundo inteiro e desviaria rios de dinheiro para o meu bolso. Em dois ou três dias, eu seria famoso mundialmente. E rico. Logo, minha reportagem seria editada em livro e adaptada para o cinema. Depois, o Nobel de Literatura e o Oscar. Adeus, miséria!

— Vou dizer uma coisa pra vocês, macacada — anunciou Sim Et Non, entre duas cachimbadas. — Miguela era uma figura muito venenosa. Tão venenosa que, se mordesse a língua, morreria por causa de sua própria peçonha.

— A quenga era safada! — concordou Fedorova. Gorgolejou grosso no gargalo da garrafa e acrescentou: — Ela não se contentava só em falar mal duma pessoa, tratava logo de humilhar também.

— Não são o esnobismo e a maledicência características comuns a todos os escritores ocidentais? — perguntou Foo Lee Shi Man, fazendo-se de sonso.

— Bah, estamos mais parados que água de poço — Dax Chamber sacudiu as bochechas frouxas. — Ou a gente começa logo o congresso, ou investiga a morte de Miguela. Das duas, uma. Se ficar neste lero-lero, vou pro meu quarto escrever. Americanos estão sempre ocupados e...

— É verdade! — cortou Águeda Christine. — *Ocês* estão sempre ocupados comendo batata frita com Coca-Cola.

— *Muié*, tu *qué* insinuar que os americanos são barrigudos? — perguntou Fedorova.

— Nada disso, uai — reagiu a inglesa. — Americano é gordo por inteiro, da canela ao pescoço. *Tudinho* obeso. Pançudo a gente acha mais nos países pobres. É verme, minha *fia*.

— Quem trabalha duro, mano, são os chineses — disse Foo Lee Shi Man. — Escrevo quinze horas por dia, seis dias e meio por semana. Aproveito as tardes de domingo pra pingar colírio e aparar as unhas.

21

MORTA ANTES MESMO DE FALECER

De repente, a voz de Borgias vibrou mais alto:

— Terá Miguela se defrontado com sua própria morte, pessoal e intransferível; ou terá sido alcançada por morte que lhe foi imposta por outrem?

A frase era forte demais para que eu não insistisse:

— Que quer o senhor dizer com isso? Acredita que dona Miguela possa ter sido assassinada?

Todos os escritores se voltaram para o poeta argentino, que discursou:

— Jornalistas! Não posso vê-los, mas posso senti-los. Sempre afoitos... Mesmo assim, responderei à pergunta com um poema hindu do século VII antes de Cristo:

Apagou-se a mulher como uma vela
Seu coração era uma ardente chama
Azeitada de ódio, brilhante de rancor,
Que o diabo para si reclama

Estávamos a deglutir aquelas misteriosas palavras quando saltaram do elevador os policiais que haviam sido chamados por Batota.

Eram quatro. À frente, vinha a figura inconfundível do delegado Jerônimo Aroeira, titular da Primeira Delegacia, meu velho conhecido. Vestia-se de preto, com exceção da gravata borboleta, multicolorida. Por trás dele, estavam três policiais típicos: barrigudos, pescoçudos e mal encarados.

— Quem é o responsável pelo hotel? — perguntou o delegado.

— Joaquim Manoel Batota às vossas ordens — adiantou-se o português e estendeu a mão ao policial.

— Onde está a presumida vítima? — Aroeira ignorou a mão do gerente.

Naquele dia, o delegado trazia duas cartucheiras cruzadas no peito, um fuzil no ombro e três granadas no cinto.

— O senhor parece estar preparado pra uma guerra — comentei.

— Eu estava numa guerra, gaúcho. Foi numa agência bancária no Setor Comercial Sul. Evitamos um assalto. De cara, matamos quatro, mas os bandidos sobreviventes fizeram uns reféns. Lançamos granadas de gás lacrimogêneo, e três se renderam logo. Dois resistiram e tivemos que picotá-los a tiro. Só recorro à violência em última instância.

— A polícia brasileira é competente demais da conta — comentou Águeda Christine em voz baixa.

— Mal botei o ponto final na operação, recebi ordem do secretário de Segurança pra vir imediatamente até aqui — continuou Aroeira. — Parece que temos um óbito de alta qualidade...

— Era uma famosíssima escritora espanhola — explicou Batota. — Das maiores do mundo.

— Onde está o corpo?

— Aqui dentro — o português abriu a porta do apartamento 1313.

— Esse bagulho aí? — o policial avançou na direção do cadáver. — Aposto meu pescoço que já estava morta antes mesmo de falecer. Com que idade estava ela?

— Noventa e seis — respondeu Batota.

— Morreu em boa hora, que Deus a tenha — Aroeira benzeu-se e, apontando para os escritores, indagou de Batota: — Você desconfia de algum dos integrantes desse clube da terceira idade?

— Fale baixo — sibilou o português. — Também são grandes escritores de livros policiais. São estrangeiros, mas falam todos a nossa língua.

22

TURISTAS TÊM O PÉSSIMO HÁBITO DE MORRER

Depois de lançar um olhar irônico aos escritores, o delegado voltou a encarar a falecida:

— Vi milhares de mortos ao longo da minha carreira. Os que se vão desta naturalmente têm um certo ar de triunfo. Veja esta cara! Parece estar dizendo: bem-feito pra vocês, que ficaram aí nesse vale de lágrimas.

— É verdade — concordou Batota. — Ela devia estar muito feliz na hora do seu passamento.

— Já os assassinados têm uma expressão de contrariedade — continuou o delegado, andando pelo quarto, mãos às costas. — Ninguém gosta de ser despachado deste mundo na marra.

— Ser empurrado, à força, para fora da vida deve ser irritante — ponderou Batota.

— Mesmo estando certo da morte natural, enviarei pra cá os homens da Perícia Criminal — disse o delegado. — Afinal, não é todo dia que eles têm um cadáver da elite pra autopsiar.

— Precisamos mesmo provar que dona Miguela teve morte natural — insinuou Batota. — Se alguém levantar suspeita de assassinato, a imagem do hotel será arranhada.

— Devíamos proibir a entrada de estrangeiros no Brasil — filosofou Aroeira. — Morrem por qualquer coisinha. Turistas só nos dão dor de cabeça. Além de gastarem pouco dinheiro aqui, costumam morrer atropelados por motoristas bêbados ou fuzilados por assaltantes.

— Mesmo quando morrem naturalmente, os jornais estrangeiros sempre arranjam um jeito de nos atacar — acrescentei. — Devíamos aceitar apenas turistas imortais.

— Você continua metido a engraçadinho, gaúcho? — indagou o policial.

— Ganho pouco, delegado. Preciso me divertir de vez em quando.

— Não há divertimento melhor do que lambuzar o rabo de mel e sentar-se num formigueiro — respondeu-me o delegado. E, voltando-se para Batota, indagou: — Pelo que entendi, a velharia toda escreve livros policiais. É isso?

— Sim. Vieram de todos os cantos do mundo para um congresso aqui em Brasília. Vão discutir novas tramas para livros policiais, diferentes formas de assassinato, crimes indecifráveis e personagens curiosos.

— Se visse esse povo na rua, diria que são fugitivos de hospício — disse o delegado, encaminhando-se para a porta, seguido pelos seus auxiliares.

Os agentes de Aroeira ostentavam grossas correntes de ouro nos pulsos ou no pescoço. Meganha sem corrente de ouro é como criança pobre sem vermes, diz meu pai.

Do elevador, o delegado voltou-se e gritou para Batota:

— Não deixe que ninguém entre no quarto antes dos peritos! Olhe aqui: se for constatado que a velha foi assassinada, eu volto!

23

PREFERÊNCIA PELOS ASSASSINATOS EM SÉRIE

Minutos depois, reunidos em torno da mesa-redonda, destinada inicialmente ao debate das mais altas questões da literatura policial, os romancistas decidiram investigar o caso. A conversa foi assim:

— Gente, se todos os policiais brasileiros forem do nível desse delegado, o índice de esclarecimento de crimes não deve ser dos mais altos — debochou Águeda Christine. — Ele *acha* que Miguela morreu de velha. Esse moço parece não ter um espírito científico forte.

— Discordo — disse Sim Et Non, soprando uma cínica cachimbada. — Ao contrário, o delegado está tão preocupado com os aspectos científicos do caso que, inclusive, mandará vir a Perícia.

— Ele deve pertencer à elite dos investigadores brasileiros — acrescentou Fedorova, enquanto olhava a garrafa contra a luz para ver o tanto de bebida que ainda havia dentro dela. — Ele me lembrou bastante o chefe da Polícia de Moscou, Anatoly Frascóvio Botelhowhisky, que inventou uma técnica porreta de investigação. Antes do interrogatório, ele pega o suspeito pelo gogó, sacode bem e diz: "Cabra, ou tu bebe uma garrafa de vodca todinha, ou te espremo os bagos." O sujeito bebe tudo, fica bêbado e entrega o ouro.

— A gente podia adaptar essa técnica pro Brasil — palpitei. — É só trocar o combustível. Em vez de vodca, pinga.

— É método bom e barato — ajuntou Fedorova. — O chefe de polícia anterior metia a porrada nos amarelos, mas a internação deles no hospital, depois, saía muito cara.

— Bah, que coisa mais ignorante! — meteu-se Dax Chamber. — Nos Estados Unidos, dominamos as melhores técnicas de investigação. Somos um país rico porque nosso povo tem espírito científico. Somos pragmáticos e eficientes. Se me derem cinco minutos, descubro o que levou Miguela ao outro mundo. Americanos fazem tudo mais rápido e gastando menos dinheiro.

— Em se tratando de morte, ninguém é mais eficiente que os americanos — concordou Borgias. — Mataram cem mil japoneses com apenas duas bombas. Mas, na literatura, a eficiência não é atributo relevante. Embora os *serial killers* dos Estados Unidos matem mais gente em menos tempo, prefiro os assassinatos em série praticados na Inglaterra. Têm mais apelo literário.

— Que conversa mais furada, mano! — chiou Foo Lee Shi Man, entediado.

Dax colocou a mão no ombro de Batota e disse:

— Seu gerente, será que a gente não podia ficar uns minutinhos no quarto de dona Miguela, depois do trabalho da Perícia? É pra fazer uma investigaçãozinha.

— Está bem — concordou Batota. — Tentarei convencer os peritos a permitirem vossa entrada no apartamento. Mas creio que eles sentir-se-ão ofendidos. Brasileiros não gostam muito de trabalhar, mas viram feras quando alguém se propõe a fazer corretamente o que eles costumam fazer de má vontade.

24

DEBATE SOBRE A SECRETA NATUREZA DOS DEFUNTOS

Para grande surpresa nossa, os agentes da Perícia Criminal, um fotógrafo e um agente, não demoraram a chegar.

O retratista encerrou seu trabalho em um segundo: fez uma foto da morta e cruzou os braços.

— O senhor não gostaria de bater mais umas fotografias? — indagou Batota, cordial. — Dona Miguela era muito famosa. Certamente, no futuro, jornalistas e historiadores virão a Brasília para examinar o laudo policial. Seria melhor se houvesse...

— É uma foto por defunto, doutor — bocejou o fotógrafo. — Ordem da chefia. Aqui, em Brasília, matam doze figuras por dia. Dá um filme certinho. Quando matam mais de doze, os últimos ficam sem o retratinho póstumo, entendeu?

Claro, mas no caso...

— Morto é tudo igual — o retratista bocejou de novo. — Olhe essa velha! Nem com maquiagem pesada a cara dela melhora.

Quando o gerente do hotel lançou um olhar desalentado na nossa direção, resolvi interferir. Gritei para o fotógrafo:

— Amizade, o negócio é seguinte: essa morta é famosa pra cacete no mundo inteiro. As agências de notícias pagarão o que tu quiseres pelas fotos. Com a grana, poderás até trocar de bicicleta.

A minha informação chegou rapidamente ao cérebro dele. Sacou a máquina e desembestou a *flashar* dona Miguela de tudo quanto era ângulo.

Igualmente sacudido pelas minhas palavras, o outro agente, de posse de uma trena, começou a medir furiosamente. Verificou a distância da morta à cama, à janela, ao armário, à porta. Depois, anotou a distância entre os diversos móveis.

— Estou comovido com a dedicação deste "topógrafo", meu — disse o autor chinês. — Será que ele desvenda muitos crimes com a trena?

— Ele não é pago pra desvendar nada — meti minha colher torta. — O coitado ganha um salário tão mixuruca que o máximo que exigem dele é que faça relatórios, com letra legível. No caso, números legíveis.

25

VERGONHA É ROUBAR E NÃO PODER CARREGAR

Finda a medição, o fotógrafo dirigiu-se ao gerente do hotel:

— A perícia está concluída, chefe. O povo que recolhe o corpo vem mais tarde.

— Quando? — indagou o Batota

— Não posso precisar. É bem provável que venham ainda hoje...

— Hoje? Mas é claro que têm de vir hoje!

— Essa questão não é com a gente. É com o pessoal do IML.

— Eles costumam demorar? — indagou Batota.

— Não quero assustar o senhor, mas eles sempre demoram — disse o fotógrafo, enfadado. — Eles têm dois rabecões que nunca funcionam ao mesmo tempo. Sempre um está avariado. Quebra uma peça, eles substituem com uma do outro carro. Um dia, por milagre, os dois rabecões estavam funcionando. Aí, faltou gasolina.

— Mas isso é uma vergonha!

— Vergonha é roubar e não poder carregar — retrucou o fotógrafo.

O português ia replicar, mas eu lhe fiz um sinal para que ficasse calado. E murmurei, pelo canto da boca:

— A demora vai ser boa pra nós. Poderemos investigar o local com calma.

Depois que os peritos embarcaram no elevador, Batota me perguntou:

— As perícias nesta cidade são sempre porcas assim?

Respondi:

— Eu, se fosse o senhor, mudaria a pergunta. Indagaria: as perícias aqui em Brasília são sempre assim, tão minuciosas?

— Esses cabras não constatariam o assassinato de Mikahilucha mesmo que ela tivesse sido morta por tiros de canhão — comentou Fedorova, e tomou um gole para repor a saliva gasta na frase.

— Concordo com o rapaz — disse Águeda Christine. — Esses peritos só se esmeraram muito porque a morta é famosa demais da conta.

— Bah, vou ser o primeiro a investigar — disse Dax Chamber. — Fui eu que tive a ideia.

— Sem essa de primeirão, meu chapa — estrilou Sim Et Non. — Que tal fazer um sorteio?

— Sorteio? — perguntou Borgias. — Por que não um azareio? A vida dos homens é regida pelo azar e não pela sorte.

— Que o destino escolha nossos nomes em pedaços de papel! — disse Foo Lee Shi Man e rasgou uma folha. — Vou escrever nossos nomes aqui. Um sorteio decidirá a ordem de entrada no quarto... Bem, somos seis...

— Sete! — berrei. — Sou o único brasileiro aqui. Exijo que o Brasil seja representado nessa investigação. Basta de colonialismo!

— E os peritos, uai? — perguntou Águeda Christine. — Por acaso, eles eram suecos?

— Eram policiais — contra-argumentei. — Policial não é gente em nenhum país do mundo.

Um longo e generalizado silêncio, recheado de cabeças que assentiam, patenteou a aceitação da minha tese.

— Vamos logo, tchê — disse Dax a Foo. — Estou mais nervoso que galinha agarrada pelo rabo. Hoje mesmo começo a trabalhar duro num livro sobre a morte de Miguela de Alcazar.

— Deixe de ser bobo, sô — ralhou Águeda Christine. — Trabalho duro, no Brasil, só quando se come rapadura.

Por incrível que pareça, fui o primeiro a ser sorteado. Pela ordem, vieram depois os papéis com os nomes de Dax, Fedorova, Águeda Christine, Sim Et Non, Foo e Borgias.

26

RECORDANDO A AULA SOBRE A BELEZA DO CRIME

De repente, tremi na base.

Representar meu país naquela investigação, diante de tão destacados concorrentes, seria um dever patriótico dos mais árduos.

Bem, não sou dos mais patriotas, confesso. Cheguei a torcer discretamente para a seleção da Argentina num jogo contra a nossa. Sei que gente morreu por menos que isso. Mas o jogo foi no auge da ditadura militar e eu acreditava que o regime cairia, se a nossa seleção fosse massacrada. E tem mais: o nosso treinador era um cara antipático.

Resolvi pedir ajuda ao gerente do hotel. Puxei-o pelo braço e murmurei:

— Seu Batota, nós dois, que falamos a língua do poeta que escreveu *Os Lusíadas*, precisamos nos juntar. Vamos unir a esperteza portuguesa à inteligência brasileira!

— Não seria melhor unirmos a esperteza brasileira à inteligência lusitana?

— Seja como for! — reagi, entusiasmado. — Imagine se nós conseguimos desvendar a morte de Miguela de Alcazar antes desses gênios da criminalística! Seria a glória pra comunidade das nações lusófonas.

— Não sei se é uma boa ideia, pá — disse o português, vacilante.

— Que é isso? O senhor me deu aquela aula sobre a beleza do crime perfeito.

— Era aula teórica. Na prática, quando é para valer, a coisa muda de figura.

— O senhor é muito modesto! — empurrei-o para dentro do quarto 1313. — Entre!

Como já disse, a cena da escritora morta daria um belo quadro. A velhota estava recostada na poltrona a mirar com olhos vagos um exemplar da Bíblia que tinha aberto diante do rosto. Lembrei-me de Pimentão lendo o Eclesiastes.

Aproximei-me da morta e lancei um olhar ao livro, que estava aberto na última página, de número 1313. O final do Apocalipse.

— É coincidência demais pra ser apenas coincidência — murmurei.

— Que coincidência, gajo? — quis saber Batota.

— A Bíblia está aberta na página 1313, que é o mesmo número deste apartamento.

— Nossa Senhora de Fátima! — o português persignou-se. — É um fato sobrenatural, com certeza. Põe-me em pé até os cabelinhos do sovaco.

Inclinando-me sobre a defunta, percebi que havia uma pequena tira de papel solta na página 1313. Discretamente, peguei-a.

— É um bilhete! — excitado pela descoberta, passei-o ao Batota: — Leia!

27

HÁ LUGAR PARA TODOS NA LISTA DE SUSPEITOS

Escrito em português, em letras de forma, tremidas como se tivessem sido rabiscadas por alguém muito velho ou que estivesse nervoso, o bilhete anunciava:

Durante o Congresso eu a desmascararei, Miguela. Apontarei os trechos dos vários livros que você plagiou ao escrever O Touro Maltês.

A assinatura era uma só letra: *S.*

— Isso prova que ela foi assassinada — concluiu o português.

— Não prova nada — retruquei. — Mostra apenas que dona Miguela corria o risco de ser desmascarada por alguém. Ou que alguém queria chantageá-la.

— Quem seria esse misterioso S? — perguntou Batota.

— Poderia ser o S de Shi ou de Sim Et Non.

— Bem sacado.

— Mas poderia ser também o S de Strandford — acrescentei. — É o sobrenome de solteira de *lady* Águeda.

— Que loucura! — exclamou o Batota. — Assim, só ficam de fora o argentino e o americano.

— O americano, não! — estrilei. — Ele é conhecido no seu país como Dax "Speed" Chamber. Em português, soa avacalhado: seria Dax "Ligeirinho" Chamber.

— Então, só sobra o argentino — concluiu o portuga. — O nome dele começa com jota.

— Que nada! Ele entra em qualquer lista de suspeitos que eu fizer. Tem dois esses no nome. Não são no início das palavras, mas...

— Se valem os esses espalhados pelo nome — Batota enrugou a testa e olhou-me de canto de olho. — Até mesmo tu deves entrar para lista dos suspeitos. Tens dois esses: Campestre de Campos... Só eu, Joaquim Manoel Batota, estou livre dessa letra fatídica.

— Justamente por isso o senhor se torna o suspeito número um. Como a única pessoa sem a letra esse no nome, o senhor é suspeitíssimo.

— Mas eu tenho inúmeras testemunhas a meu favor! Não estive sozinho em nenhum momento desde o início da manhã.

— Também tenho um álibi — retruquei. — Desde que entrei neste hotel, estou ao lado do senhor. Aliás, estamos juntos desde o momento em que o senhor ameaçou me matar.

— Esqueça aquilo. Foi brincadeira. Mas sei que, ao chegar aqui no hotel, antes de entrar no prédio, ficaste uns minutos no jardim. Durante esse tempo, poderias ter escalado a parede, chegado ao quarto de dona Miguela e...

Aquilo me indignou. Eu tinha ficado um só minuto no pátio, curtindo o aroma das flores e o ar úmido.

— O que fazia o senhor antes de chegar à portaria do hotel pra esmagar o meu braço?

— Estava no meu escritório, mais precisamente no banheiro.

— Num local onde nunca há testemunhas, não é?

— Tu és um paranóico, pá! Do tipo que vê pentelho até em bolas de bilhar.

— Se ocorre uma morte durante um congresso de escritores policiais, todos são suspeitos — comentei. — Até mesmo um português.

28

ESPECULAÇÃO SOBRE A EXISTÊNCIA DE UM MUNDO AINDA PIOR

Enquanto Batota fazia beicinho, de magoado, concentrei-me na observação do rosto de Miguela de Alcazar y Casas de Bourbon. A velha tinha os olhos abertos, como se realmente estivesse lendo. Pareceu-me serena, embora fosse difícil perceber as expressões num rosto com tantas rugas.

Uma mantilha preta, rendada, cobria-lhe metade da cabeleira incrivelmente negra. Milagre das tinturas modernas.

Ao observar o pescoço dela, meu sangue gelou. Notei algo que me pareceu uma minúscula sarda isolada. Olhando bem, percebi que era vermelha demais para ser sarda. Então me caiu a ficha. Aquilo era uma gotinha de sangue, bem em cima de uma grossa veia azulada. Aproximei meu nariz do pescoço da velha. Constatei então que, no meio da gota, havia um furinho quase invisível.

Mil e uma hipóteses explodiram na minha cachola. Pensei logo em mordida de cobra. Mas lembrei, a seguir, que cobra deixaria dois furos. A não ser que fosse banguela.

Depois, pensei em seringa. Uma injeção de veneno. Mas por que uma injeção no pescoço e não num braço?

Li livros policiais em demasia. Conheço todos os truques. Meu cérebro fervilhava: ideias se alinhavam na minha mente com a rapidez de bombeiros embarcando num caminhão de sirena ligada. Aquilo podia ser uma mordida de mosquito coçada até sangrar...

— Que faremos com este raio de bilhetinho? — o português cortou-me as reflexões. — Entregamos ao delegado?

— Ainda não! Vamos guardá-lo conosco. Ele funcionará como chamariz pra atrair o assassino, se houve assassinato. Quando souber que o bilhete está conosco, o matador de Miguela de Alcazar virá até nós, e, aí, o pegaremos...

— Ou ele manda-nos desta para uma melhor.

— Ou pior — ponderei. — Reconheço que nosso mundo é uma porcaria: guerras, miséria e fome. Mas, como sou pessimista, penso que, se existe um outro mundo, ele deve ser pior.

— Deixe de filosofança! — cortou o gerente do hotel. — Agora, farei entrarem os escritores. Mas ficarei atento. Aquele que olhar a Bíblia com muito interesse passa a ser o suspeito número um, porque, na certa, estará a procurar o bilhetinho.

— Cuidado pra não acusar inocentes. O mais provável é que todos se interessem por esta Bíblia, que parece ser de alguma edição rara...

Não pude concluir a frase. Tive que correr atrás do português, que, em largas passadas, voltava ao salão.

29

GAÚCHO MACHO LIMPA LÁGRIMA COM TAPA

Três dos escritores — Sim Et Non, Dax e Foo — estavam sentados à mesa, rabiscando. Na certa, já esboçavam romances baseados na misteriosa morte de Miguela de Alcazar.

Pensativas, de cabeça baixa, Águeda Christine e Fedorova caminhavam com as mãos às costas. De pé, com o nariz quase roçando a parede, Borgias parecia interessado em descobrir falhas na pintura.

— Todos os corredores nos conduzem a um labirinto, onde nos perderemos. Nós e o nosso outro eu. Às vezes, nós; às vezes, o outro. Sempre alguém acaba morrendo na solidão dos labirintos.

— Bah, tchê, não se trata só de uísque ruim — gritou Dax Chamber. — O castelhano se faz de louco pra passar bem.

Dax era grande conhecedor de uísque. Seus olhos permanentemente raiados, sua papada vermelha e seu bafo de tigre eram provas dessa habilidade. Segundo eu tinha lido num jornal dos Alcoólicos Famosos, não se passava um dia sem que Dax secasse uma garrafa. De litro.

Parado na porta do salão, Batota ergueu a voz:

— Venha, senhor Dax. Chegou a vossa vez de investigar o apartamento de dona Miguela.

O americano era gordo do tipo gelatinoso. Recoberto por uma larga camada de banha trêmula, mais densa na cintura, ele tinha braços muito finos e compridos, que nasciam de ombros estreitos. Visto de costas, lembrava um losango.

Apesar de ter escrito mais de cem obras, Dax era famoso especialmente por três livros: *Atire Antes e Pergunte Depois*, *Não Abra a Porta Nem Para o Carteiro* e *Chumbo Não Derrete Como Gelo*.

— Como é que o senhor aprendeu a falar tão bem o gauchês, seu Dax? — perguntei, quando chegávamos ao apartamento 1313.

— Foi em Nova Iorque, tchê. Conheci um gaudério de Camaquã que vendia churrasquinho pelas esquinas. Me enturmei com ele. Aprendi a falar até com o jeito de maconheiro de Porto Alegre. Mas me amarro mesmo é no sotaque do pessoal de Uruguaiana.

O americano limpou a garganta com três pigarros e recitou com carregado sotaque do povo do Pampa:

Virabosta é preguiçoso,
Mas velhaco passarinho;
Pra não fazer seu ninho,
Se apossa do ninho alheio;
Este há de, segundo creio,
Seguir o mesmo caminho.

Cobra é bicho traiçoeiro,
Guaraxaim disfarçado,
Quando se sente pegado,
Deita e se finge de morto;
Matreiro é o novilho torto,
Que se esconde no banhado.

— Que diabo é isso? — perguntou o Batota. — Será que também o senhor Dax enlouqueceu?

— Ele recitou "Antonio Chimango" — expliquei, comovido. — É o mais belo poema da minha terra.

Uma furtiva lágrima escapou-me do canto do olho para a bochecha. Limpei-a com um gesto viril, quase um tapa. Depois, com voz trêmula, dirigi-me ao americano:

— Sua pronúncia é louca de especial.

30

PROCURANDO ALGUÉM QUE SINTA VERTIGENS

Largas passadas levaram Dax rapidamente para junto do corpo da espanhola. De saída de bola, ele enfiou um par de luvas de borracha, que retirou do bolso da calça. E, sem que perguntássemos, explicou:

— Uso luvas por questão de segurança. Vocês, cucarachas, não gostam de nós, gringos. Se eu deixasse impressões digitais neste quarto, vocês se serviriam delas, depois, pra me incriminar. Seria a glória pra vocês, se eu fosse preso aqui. Só assim um país chinelão como o Brasil poderia ser citado no *New York Times*.

— Temos tradição em incompetência e corrupção, mas não em canalhice — me indignei. De vez em quando, como todo trouxa, tenho uns ataques de nacionalismo. — Além de paranóico, o senhor é megalomaníaco. Somos chegados a um jeitinho, é verdade. Preferimos a praia ao escritório, sim. Mas não somos, de modo algum, cretinos.

Indiferente à minha indignação, Dax saiu de perto do cadáver e foi explorar a janela envidraçada, da qual se avistava o jardim do hotel. Só então notei que havia alguns galhos de árvore roçando a vidraça. Dax tentou abrir a janela, mas não conseguiu.

— A janela está emperrada pela ferrugem — explicou Batota.

— *Entonces*, o animal não passou por aqui — comentou o escritor, e tomou notas numa cadernetinha.

— Que animal? — perguntou Batota, espantado. — O senhor acha que um bicho pode ter matado dona Miguela?

— Nada disso, tchê — Dax voltou-se para o gerente do hotel. — Animal, na elegante linguagem dos gaúchos, é o mesmo que ser humano, gente. Na verdade, eu me referia ao sujeito que fez a limpeza do apartamento. Se ele tivesse passado por aqui, a janela não estaria emperrada.

— O que o senhor quer dizer com a expressão "sujeito que fez a limpeza do apartamento"? — perguntei. — O senhor se refere aos empregados do hotel que limparam o quarto ou a um possível ladrão que, além matar dona Miguela, teria roubado alguma coisa?

Intrigado, o americano me olhou de alto a baixo. Ou não entendera a minha pergunta, ou a entendera muito bem e ficara impressionado com a minha capacidade dedutiva. O certo é que não me respondeu. Anotei este detalhe na minha caderneta.

Indiferente ao que se passava entre mim e Dax, Batota comentou:

— É melhor mesmo que a janela fique permanentemente trancada, já que o apartamento tem ar-condicionado.

— *Buenas*, se a janela pudesse ser aberta, a gente teria que encontrar logo uma pessoa que sente vertigem — comentou Dax.

— Por quê? — indaguei. — Se uma pessoa sente vertigens, é óbvio que ela não se aproximaria da janela.

— Mas é exatamente por isso, bagual! — explicou o americano. — Precisaríamos encontrar essa pessoa pra tirar o nome dela da lista dos suspeitos.

31

REPÓRTER SUCUMBE À DOENÇA INFANTIL DO ANTIAMERICANISMO

Um a zero pra ele. O danado do americano tinha me passado a perna. Uma onda de furibundo calor patriótico me subiu do ventre ao pescoço. Eu precisava me vingar. Tinha que restabelecer a minha honra de metido a espertinho. Nós, brasileiros, é que somos especialistas em gozar a cara dos outros.

Passei a torcer para que Dax se interessasse pela Bíblia da morta. Seria um indicativo de que ele sabia da existência do bilhetinho. Mas ele não dava bola para o livrão. Girava pelo quarto e fazia anotações — com suas grandes mãos enluvadas — numa cadernetinha.

— Livro muito interessante este, não é, Batota? — comentei, tentando atrair a atenção do americano.

— De que livro estás a falar, ó pá? — perguntou-me, desatento, o português.

— Da Bíblia! — respondi em voz alta.

Dax, que estava analisando a arrumação da cama, mordeu a isca:

— Bíblia? Livro muito do mixuruca. Meio mal escrito até. Tem personagens demais, pouca ação, linguagem enrolada e enredo confuso. É coisa de amadores, tchê.

Não demorei para reagir diante de análise tão depreciativa:

— Mas é o livro mais lido e vendido em todo o mundo!

— Também, com a equipe de propagandistas que ele tem! São milhões de padres e pastores que falam pra bilhões de pessoas aos domingos. E ameaçam os fiéis dizendo que eles vão virar churrasco no inferno se não continuarem a leitura durante a semana.

Dois a zero para o gringo, reconheci.

Calado, concentrado, Dax continuou a examinar o quarto. Vasculhou o gigantesco guarda-roupa e os criados-mudos e escarafunchou o interior do frigobar. Finalmente, voltou para junto do corpo da escritora espanhola.

— O senhor estranhou alguma coisa, seu Dax? — perguntou Batota.

— Muitas.

— O senhor poderia me dizer que coisas são essas?

— De jeito nenhum. Vivo disso. Ganho uns trocos com esse tipo de coisa. Com base nos detalhes estranhos que percebi, escreverei um livro que se chamará *O Cadáver Lê a Bíblia*.

— Não seria pecado ganhar dinheiro com um livro com esse título? — indagou o gerente do hotel.

— Bah, se a gente olha com atenção, todas as formas de ganhar dinheiro são imorais — filosofou Dax. — No fundo, todos lutamos pra acalmar o estômago. A diferença é que uns fazem isso com filé, e os outros, com carne de pescoço.

— Mas os americanos comem todo o filé produzido na Terra — provoquei. — Deixam só a pelanca pros outros.

— E daí, tchê, qual é o problema? — retrucou Dax, irritado. — Por que tu não vais te queixar ao Papa?

Batota cutucou-me:

— Que há contigo, gajo? Sofres da doença infantil do antiamericanismo? Por que ficas a agredir o nosso Dax? Que mal te fez ele?

— Ataco porque ele é um cara muito suspeito — respondi. — Usou luvas!

— Não percebo nada de estranho no fato de um cidadão usar luvas durante uma investigação, pá.

— Raciocina! — insisti. — Digamos que dona Miguela tenha sido assassinada. Se, na investigação, forem encontradas impressões digitais de Dax, ele dirá que elas foram "plantadas". Pedirá nosso testemunho e nós teremos que admitir que usava luvas ao entrar aqui. Entendeu? Tudo não passou de um álibi pra se livrar de um crime que ele pode ter praticado!

— Puxa, miúdo! — espantou-se o português. — Ou és um gênio, mais sagaz que Sherlock, ou és uma besta quadrada!

Dax fuzilou-me com o olhar. E, depois, rapidamente, deixou o apartamento.

32

A PROFUNDA AFEIÇÃO DOS RUSSOS PELOS FRASCOS

Conforme a ordem estabelecida no sorteio, Fedorova foi a segunda a investigar o apartamento de dona Miguela.

Chegou debulhando-se em lágrimas. Chorava aos berros, lacrimejava aos jarros. A chuva lacrimal era ruim para a — perdoem o cacófato — estética dela. O riacho de lágrimas atravessava as cavernas de rímel dos olhos, e, depois, corria pela planície carmim das bochechas. Logo, duas manchas irregulares, puxando para o marrom, cortavam o rosto da escritora russa. Nasciam, afastadas, uma ao lado de cada olho, mas juntavam-se sob a papada flácida atrás do queixo largo.

Segurando na mão direita uma segunda garrafa de pinga que recebera do garçom míope, e tendo ainda entalado nos beiços um toco do formidável charuto, a russa rugiu:

— Oh, minha pequenina Mika da *muléstia*, por que os deuses dos infernos vieram até este país carnavalesco pra te arrebatar de nós, teus pares? Por que os céus determinaram tua morte justo hoje quando nos encontramos reunidos em torno do ardente samovar da literatura?

Aturdido, eu bebia com interesse o que dizia ela no seu arrastado e fanhoso sotaque cearense, mas me perguntava: por que todo esse show? Como Fedorova e Miguela não se amavam tanto assim, concluí que a performance decorria da excessiva ingestão de cachaça.

Depois de ajoelhar-se diante do corpo de Miguela, Fedorova soltou a garrafa no carpete. Aí, levou as mãos aos cabelos e se pôs a puxá-los. Arrancou uns chumaços. Levava seu número adiante — urros, lágrimas, extração capilar e, de vez em quando, murros no peito. Sem abrir mão do prazer do tabaco. Baforava como mãe-de-santo e recitava:

— Embora tenhas nascido no berço de ouro da burguesia exploradora, eu sei que tu, Mikhaila da peste, amavas os mujiques do teu país! Tua morte é uma grande perda pra literatura do crime!

Não demorei a perceber que, apesar da autoflagelação, Fedorova observava atentamente o cenário. Seus rasgados olhos cinzentos corriam pelo rosto da morta, pela sua roupa, pelo chão ao redor dela. Aquele era o estilo Fedorova de investigar.

De repente, me deu um estalo. A russa estava, na verdade, reproduzindo ali trechos do célebre monólogo do arrependimento tardio de Raspadecova, a criminosa de *Contravenção e Penalidade*. Depois de matar a velha usurária, Raspadecova fala dela com carinho. Afinal, a megera está morta. E a morte, na Rússia, como no Brasil, redime as pessoas. Lá como cá, todo canalha em vida vira gente boa quando veste o paletó de madeira.

Sempre chorando, Fedorova levantou-se. Pegou o cinzeiro, mas não bateu o charuto nele para se livrar da cinza. O que fez foi aproximar dele o seu monumental narigão. Farejava resquícios de tabaco. A seguir, agachou-se e olhou para baixo da cama. Depois, se foi aos armários, cujas portas escancarou.

— Vejam, amarelos, como Mikhaila mantinha em ordem o danado do apartamento! Sua mala está aqui dentro, fechada. E parece que ninguém forçou a fechadura. De que morreu, ó deuses, a doce Mikólia?

— Como sofre a pobre rapariga! — sussurrou Batota, passando o lenço pelos olhos marejados. — Fedorova é realmente uma alma sensível, um ser mais humano.

— Todas as pessoas são igualmente humanas — contestei. — Mas não se emocione com a encenação. Sem drama, a vida não tem graça pros russos.

— Como podes ser tão cínico? Estamos a presenciar o mais comovente sofrimento, derivado de sincera admiração e companheirismo, e me vens falar de encenação...

33

LIVRE DOS PADECIMENTOS E TURBAÇÕES DA TERRA

Nossa discussão foi interrompida por novas frases da escritora russa:

— Para onde foram as garrafinhas que estavam em cima da tua geladeira, Mikahilichenka? Teriam sido roubadas pelos malditos cossacos?

— Viste como nada lhe escapa? — murmurei para o português. — Ela já descobriu que os agentes do Aroeira embolsaram as garrafinhas.

— Que monumental poder de percepção tem essa rapariga! — espantou-se Batota. — Como deu pela falta das miniaturas?

— Pelo faro — expliquei. — Russos sentem o cheiro de bebida mesmo estando as garrafas arrolhadas.

— Para de falar mal dos russos, primata! — sibilou Batota. — Lembra-te de Tolstói, Tchecov e Gogol!

— Gosto dos russos. Brasileiros e russos se parecem muito, mas temos uma vantagem: a cachaça deixa o sujeito mais alegre do que a vodca.

— Chega de baixa sociologia, pá! — impacientou-se o gerente do hotel. — Deixa-me degustar as lágrimas amargas de Fedorova.

Voltamo-nos para a escritora russa, que salmodiou:

— Oxente, a morte se encontra instalada no coração do regime capitalista. O Ocidente está descendo a ladeira dos valores humanos como jegue sobrecarregado. Será que Mikachenka se suicidou por ter vislumbrado a destruição do planeta?

Aquela fala foi demais para o emotivo Batota, que resolveu entrar no jogo cênico de Fedorova. Ajoelhou-se diante do cadáver e, com a mão no peito, recitou em altos brados:

Alma minha gentil que te partiste,
Tão cedo desta vida, descontente
Repousa lá no céu eternamente
E viva eu cá na terra sempre triste.

Fedorova voltou-se para Batota e disse:

— Hoteleiro da *muléstia*, enquanto recitavas o lírico Camões, eu me vi transportada à Rússia milenar, onde florescem os girassóis! Senti que anjos me retiravam deste quarto, entre cujas paredes aninhou-se a famélica e sedenta morte, e me conduziam por entre nuvens...

Se há mal que não tem cura, ele se chama loucura, a mais contagiosa das doenças. A desembestada maluquice de Fedorova tinha despertado a demência adormecida de Batota.

Tudo aquilo se passava na minha frente sem que eu pudesse reagir. Era como se eu estivesse escrevendo um livro e, de repente, enlouquecidos, os personagens assumissem o controle do texto.

Ou eu entrava no jogo deles, e me fazia de doido, ou dava um tranco para trazê-los de volta à chamada realidade palpável, essa coisa desprezível — odiada pela gente sofisticada e bem pensante — em que vivemos nós, os assalariados.

Optei por fazer-me de pirado:

— Por que choras, generosa Fedorova, se ela já se encontra no céu, descansando dos padecimentos e turbações desta desolada terra?

— Não sofro só por Mikahila, moleque. Choro também pela pobre alma da atormentada criatura que pode ter causado o falecimento da nossa companheira.

— Quem poderia ter causado a morte de Mikahila? — perguntei.

— Arre égua, meu bichinho! Nós! Potencialmente, somos todos assassinos. O mal está encravado em nós. Se a gente baixa a defesa por um segundo, o ódio transborda do nosso coração.

34

O INSUPERÁVEL PRAZER DE MATAR UM SER HUMANO

— A senhora poderia explicar melhor a frase? — indaguei.

— Claro! De que nós, os chamados civilizados, nos alimentamos? De morte. Só vivemos porque sacrificamos animais e vegetais.

— Vegetais?

— Claro! Por acaso você acha menos bárbaro arrancar um nabo, com raiz e tudo, do que degolar um bode?

— É uma tese insólita, mas interessante — admiti. — A senhora acha que a morte de dona Miguela foi natural?

A escritora russa soltou um formidável soluço e, depois, com voz embargada, disse:

— Olhe bem pra Mikuchina, cabra. Ela era uma *muié* sabidamente elegante, mas está de mantilha. Ora, nem mesmo uma beata espanhola gostaria de morrer com um negócio desses na cabeça! Por causa dessa mantilha, sou tentada a dizer que a coitadinha teve morte fulminante.

— Insisto: a morte que a fulminou foi natural ou provocada?

— Meu sensível coração russo me diz que Mikahila foi assassinada. Por quê? Porque sinto que sua pobre alma ainda vaga pelos corredores desse hotel. A alma dos que morrem de causas naturais sobe direto ao céu.

— Como poderia alguém matá-la, se ela estava fechada a chave neste quarto?

— Como observei bem o apartamento e não vi nem sinal da passagem de um assassino por aqui, concluí que a morte veio de maneira invisível.

— Invisível! — entusiasmou-se Batota. — A senhora acredita em fantasmas?

— Falo de substâncias invisíveis, amarelo! Gases venenosos, por exemplo. Matar com gás é um verdadeiro esporte em meu país. No tenebroso inverno russo, esposas ciumentas e cornos revoltados se utilizam do sistema de aquecimento pra se livrar de cônjuges safados.

— Mas o cheiro de gás não teria sido percebido pelas outras pessoas?

— Alguém já inventou um gás letal inodoro. Tecnologia é coisa do cão!

Deliciado com a facúndia da russa, arrisquei mais uma pergunta:

— E o motivo, dona Fedorova? Que motivo teria levado alguém a matar dona Miguela?

— Oxente, quanta *ignorança*! Hoje em dia, mata-se, principalmente, sem motivo. Mata-se simplesmente pelo insuperável prazer de matar um ser humano. Mas, no caso de Mikahila, eu diria que vingança ou inveja movimentaram a mão do cabra matador.

Fedorova levou a garrafa aos beiços e, de um só gole, sugou o que havia de cachaça nela. Depois, bateu repetidamente no próprio peito, como Tarzan quando voava num cipó. Chorando, soprando nuvens fedidas de fumaça, retirou-se do apartamento 1313, discursando:

— Pobre Mikutina! Oh, doce alma gêmea, quem saberia dizer por que teu livro *O Touro Maltês* tem tantos trechos que parecem copiados do meu *Contravenção e Penalidade*? Se nossos livros são tão parecidos, por que o meu vendeu apenas sete milhões de exemplares enquanto o teu vendeu vinte milhões?

Batota e eu nos entreolhamos.

— Ouviste bem estas últimas frases? — perguntei. E acrescentei: — Fedorova tem os dois motivos que ela mesma apresentou como prováveis para o assassinato de dona Miguela: vingança, pelo plágio de seu livro; e inveja, pela vendagem maior dos livros.

Batota olhou-me espantado. Não estava a fim de compartilhar minhas suspeitas, mas teve de reconhecer a justeza do meu argumento. Emburrado, anunciou:

— Vou buscar agora *lady* Águeda. Espero que sejas mais respeitoso para com ela, que não faças tantas perguntas.

35

CADÁVERES APODRECEM MAIS RÁPIDO NOS TRÓPICOS

Na sala de reuniões, *lady* Águeda Christine informou a Batota que ela e Sim Et Non haviam decidido investigar juntos o quarto de dona Miguela.

— Não imaginava que fossem tão amigos — comentou o português, comovido.

— Não é o caso, moço — disse a escritora inglesa. — Na verdade, a gente se odeia, não é, Sim Et Non?

— Se odeia pra cacete. É um ódio maior do que o Maracanã.

— Se é assim, não entendo por que entram juntos — gemeu o gerente do hotel.

— As coisas mais interessantes são incompreensíveis — Águeda Christinc sorriu. — Entrando juntos, teremos chances iguais na investigação. Assim, se um de nós descobrir pistas mais consistentes, provará que é o mais inteligente.

— É isso aí, sangue bom — acrescentou Sim Et Non. — O derrotado terá três saídas: cortar os pulsos, atear fogo às vestes ou beber formicida.

— Deixe de ser aborrecido, bobinho — disse *lady* Águeda. E, voltando-se para o português, acrescentou: — Juntos, a gente se vigia mutuamente. Assim, evito que Sim Et Non, que é danadinho, falsifique ou roube provas.

Sim Et Non ia retrucar, mas, como o fim da frase o surpreendeu no início de uma nova baforada, não teve oportunidade. Aproveitando a brecha, Batota comandou:

— Então, voltemos logo ao apartamento 1313. Não se sabe quanto tempo demorará a chegar o rabecão da Polícia.

— Se é que virá — comentou Sim Et Non. — Aliás, nos trópicos os cadáveres apodrecem rapidamente. Os políticos, também. A senhora sabe, *lady* Águeda, qual a diferença entre um político europeu e um latino-americano?

— Uai, nossos políticos roubam menos — respondeu a inglesa. — Cobram percentagens menores. Roubam dentro do razoável. São mais discretos.

— Nada disso! — chiou o francês. — A diferença é que os europeus roubam pra caixinha do partido, enquanto os cucarachas roubam pra eles próprios. Mas coincidem num ponto: ambos depositam a grana na Suíça.

— *Ocê* tem razão. O trem da corrupção funciona desse jeitinho mesmo... Mas eu não sabia *qu'ocê* se interessava por política.

— Não me interesso por política, cacete! Eu me interesso por crime, o que vem a dar no mesmo.

Lado a lado, caminhavam a alta escritora inglesa e o francês baixote. Atrás deles, junto a Batota, eu tomava notas frenéticas.

— Também há uma grande diferença entre os autores europeus e os dos Estados Unidos — disse Sim Et Non. — Americanos gostam de crimes sangrentos e de detetives brutais. Europeus apreciam crimes intrincados e detetives inteligentes.

— Nós, britânicos, temos outra grande diferença dos americanos — acrescentou a escritora. — Escrevemos em inglês. Eles usam um dialeto, o cauboiês.

— Britânicos são bons autores de novelas policiais — reconheceu Sim Et Non. — Pena que os crimes que inventam sejam tão rocambolescos que, no fim, os livros parecem bolos confeitados.

— Gosto dos detetives franceses — sibilou *lady* Águeda. — Fico impressionada com os automóveis que usam. São carros que têm mais marchas a ré do que a frente. É pra fugir mais depressa, quando sentem medo dos bandidos.

36

OS ASSASSINOS DE HOJE PREFEREM TIROS E FACADAS

Ao chegarmos ao quarto da falecida dona Miguela de Alcazar, os dois escritores estavam quase saindo no tapa, apesar dos risinhos cínicos. Lado a lado, Águeda Christine e Sim Et Non entraram, ambos com o pé direito, no apartamento 1313. Batota e eu nos detivemos no umbral a observá-los.

A escritora inglesa dirigiu-se diretamente para a falecida. Parou a um passo dela, abaixou-se e se pôs a observar-lhe o rosto, atentamente. Já o escritor francês se colocou exatamente no centro do quarto, abriu um pouco as pernas e cruzou os braços. Quase imperceptivelmente, movia o pescoço. De quando em quando, lançava pelo fornilho do cachimbo uma nuvem mais densa de fumaça. Com os olhos semicerrados varria o apartamento.

— Veja, Campestre — murmurou Batota junto ao meu ouvido. — De cara, eles mostram suas diferenças. *Lady* Águeda é uma pessoa pragmática, que quer logo descobrir alguma coisa pela observação. Já Sim Et Non, mais espiritual, quer se deixar impregnar pelo ambiente. Ele trabalha mais com a intuição; ela, com a razão.

Surpreso, voltei-me para o português, mas nada retruquei porque a inglesa começou a falar:

— Os peritos brasileiros deveriam ter examinado essa Bíblia. Há manchas no alto das páginas. Acho que as páginas foram mergulhadas em alguma substância líquida. Veneno, melhor dizendo.

Batota e eu trocamos um olhar estupefato.

Após um minuto de silêncio respeitoso, Sim Et Non soltou um risinho debochado e comentou:

— Tu tá brincando! Miguela teria que ler umas vinte mil páginas pra se envenenar desse jeito!

— Uai, talvez não! — retrucou a inglesa, e sua voz tremeu um pouco. Era visível o esforço que fazia para controlar a raiva. — Depende do grau de toxicidade do veneno.

Sim Et Non suspirou:

— Vocês, ingleses, são antiquados pra cacete! Por que não abandonam essa mania de envenenar? Os assassinos de hoje preferem tiros e facadas...

Depois, como se tivesse tido uma súbita idéia, o francês voltou-se para Batota e indagou:

— Por falar em veneno, me diga uma coisa, portuga: o que Miguela comeu hoje?

— No almoço? Comeu feijão com arroz e bife com batatas fritas.

— Uai, como é *qu'ocê* sabe disso, assim na pontinha da língua? — perguntou, desconfiada, Águeda Christine.

— Oh, raios! — reagiu o português, brusco. — Sei, porque fui eu mesmo quem preparou o prato. Ela telefonou-me ao meio-dia. Disse-me o que queria e mencionou as quantidades exatas. Aí, com muito orgulho, eu mesmo servi-lhe o prato. E depois o trouxe, pessoalmente, até aqui.

37

EDGAR ALLAN POE NÃO TEVE CULPA DE NASCER POR LÁ

A irada reação do gerente do hotel não pegou bem. Os dois escritores trocaram um longo olhar cheio de significado.

— Veja como são as coisas, Sim — disse a inglesa. — O gerente pode muito bem ter envenenado a comida. Ou na própria cozinha, ou, mais discretamente, no caminho até o apartamento.

— Deus me livre e guarde! — persignou-se Batota.

— Não te preocupa, malandro — apressou-se o francês em acalmá-lo. — Só vamos te responsabilizar no momento em que a autópsia confirmar morte por envenenamento.

— Mantenho a tese do envenenamento do livro — reagiu Águeda Christine. — É a hipótese mais elaborada, e nós, ingleses, só pensamos de maneira mais sofisticada. O pensamento requintado nos distanciou da gentalha, seja ela germânica, latina, nórdica ou eslava. Rejeito a ideia de veneno no feijão. Ainda se fosse faisão!

— Sua tese não se sustenta — retrucou o francês. — Mesmo que o assassino soubesse que Miguela molhava os dedos na saliva e que virava as folhas pelo alto da página, ainda haveria o problema do veneno. Ele teria que ser altamente concentrado.

A inglesa sacudiu os ombros magros e rosnou:

— Com ou sem veneno, estou certa de que aqui ocorreu um crime do tipo "quarto fechado".

— Discordo, garota! — reagiu o francês, enfático. — Aqui houve um crime comum. Digamos, em tese, que o assassino tenha sido o português. Depois de entregar a comida envenenada a Miguela, o que fez ele? Fechou o quarto com a chave-mestra pra que os tolos fossem levados a pensar em crime de quarto fechado.

— Valha-me, Santo Antônio! — Batota bateu o pé no chão. — Eu sou inocente. Não me acusem nem mesmo em tese! Incluam-me fora dessa suspeita, por favor!

— Caladinho! Não atrapalhe o nosso debate intelectual — disse, ríspida, Águeda Christine e dirigiu-se, depois, a Sim Et Non. — Aposto o *qu'ocê* quiser que aqui houve um crime de quarto fechado.

Em meio a uma nuvem robusta de fumaça de cachimbo, Sim Et Non ironizou:

— Esse negócio de quarto fechado é apenas uma brincadeira idiota inventada por um americano primitivo.

— Também acho que os americanos são toscos — disse Águeda Christine. — Mas não fale mal de Edgar Allan Poe! O tadinho não teve culpa de ter nascido naquele país tão estúrdio.

Neste ponto do livro, devo dar uma breve explicação. Todos os historiadores da literatura policial concordam que o conto "Os Crimes da Rua Morgue", de Edgar Allan Poe, foi o primeiro exemplo de assassinato em "quarto fechado", ou seja, quando um crime é cometido num lugar inacessível a um ser humano.

Ao contrário de Dax e Fedorova, que tinham se movimentado por todo o quarto, Águeda Christine e Sim Et Non mantiveram-se o tempo todo nos mesmos lugares, imóveis.

A escritora inglesa concentrou sua atenção no corpo de Miguela. Imóvel diante da falecida, vasculhou centímetro por centímetro a roupa da espanhola; depois subiu ao rosto, a fim de verificar ruga por ruga. Herculano Poire, o detetive criado por Águeda Christine, também era um observador impiedoso.

Sim Et Non permaneceu no centro do quarto, fumando. Olhava em volta dissimuladamente, como fazia seu detetive Jales Maigrot, cujo método consistia em mergulhar na atmosfera do local onde havia sido cometido o crime. Integrando-se à rotina do matador, Maigrot acabava por identificar-se com ele. No fim, encurralado por forte pressão psicológica, o assassino confessava o crime.

38

DA AFETAÇÃO DOS ATORES COM BIGODES RIDÍCULOS

— Jogo meu pescoço que Miguela foi assassinada — disse Sim Et Non, de repente. — Ô portuga, manda fechar todas as portas e janelas do hotel. Ninguém pode deixar o prédio.

Surpresos, Águeda Christine, Batota e eu nos voltamos para o francês, que acrescentou:

— Se ainda estiver entre nós, o assassino não escapará. Eu o descobrirei. Olhos nos olhos: esse é método ideal. É assim que se consegue penetrar os mais escuros desvãos da alma humana.

— Larga de bobagem, filho — disse Águeda Christine, irônica. — Alma não tem vão nem desvão. Também já sei que Miguela foi assassinada e aposto que o assassino não deixou o hotel. Logo obterei provas. Anglo-saxões têm o péssimo costume de provar o que afirmam.

— O senhor Sim Et Non ainda permanece desconfiado de mim? — perguntou Batota, trêmulo.

— Todos aqui são suspeitos — respondeu o francês. — Mas você joga no segundo time, junto com os demais serviçais do hotel. No primeiro time, jogamos nós, os escritores.

— Verdade verdadeira, sô — concordou Águeda Christine. — Somos os principais suspeitos. Mas uns tinham motivos mais fortes pra matar a pobre velha. *Ocê,* por exemplo. Além de vender mais livros do *qu'ocê,* Miguela era adorada pelos críticos literários franceses, que desprezam *ocê.* Inveja e despeito literário são fortes motivos pra um francês matar alguém.

— Não seja modesta! Você odiava ela bem mais do que eu. Miguela teve sucesso também nas versões cinematográficas dos seus livros. E você nunca teve sorte com as filmagens dos seus textos, por causa daqueles afetados atores ingleses com seus bigodinhos ridículos.

O corpo magro de Águeda Christine se encolheu, como um gato prestes a saltar sobre um rato. Discretamente, Sim Et Non fechou a mão em torno da haste do cachimbo.

Batota avançou para o centro do apartamento:

— Vamos saindo, por favor. Acabou vosso tempo.

Foi uma atitude providencial. Um segundo mais tarde, Águeda Christine teria voado ao pescoço de Sim Et Non. E o francês teria reagido com uma cachimbada.

39

OS TURISTAS DESTRUÍRAM TODAS AS PAISAGENS

— A conversa entre eles foi deveras interessante — disse-me Batota, em voz baixa, enquanto nos dirigíamos ao salão para buscar Foo Lee Shi Man. — Mas fiquei frustrado. Esperava investigação mais rigorosa e menos palpites.

— Eu também — concordei. — Achei que Águeda Christine ia falar da manchinha vermelha no pescoço da falecida ou que ia comentar que a Bíblia estava aberta na página 1313. Esperava que ela tivesse descoberto o que notei logo de saída.

— Sim Et Non fez pior — completou o gerente do hotel. — Só ficou parado, como chaminé de fábrica, a soprar fumo. Nada observou, apenas ficou a lançar farpas contra *lady* Águeda.

— Mas eram farpas interessantes! — ponderei. — E significativas porque os dois deixaram bem claras suas preferências por tipos de crime e por métodos de investigação.

— Não concordo com a teoria defendida por *lady* Águeda. O crime de quarto fechado não se adapta bem ao nosso caso.

— Gostei mais da tese do Sim Et Non — palpitei. — É mais aceitável que alguém, depois do assassinato, tenha fechado a porta só pra nos enredar.

Afundados nessas altas cogitações, chegamos ao salão. Estirada numa poltrona, Fedorova dormia. Na cadeira ao lado dela repousava uma garrafa vazia. Dax não estava mais por ali. Borgias estava parado diante da janela aberta.

— Bela paisagem, não? — perguntou Batota, à guisa de saudação, batendo nas costas do argentino, que salmodiou:

— Todas as paisagens do mundo foram destruídas pelos turistas japoneses com seus impiedosos *flashes*. Mas Platão já previa essa catástrofe quando escreveu que todas as paisagens serão gravadas numa só chapa de mármore pelos artesãos do Hades. Para Tarso de Creta, numa mesma paisagem estão presentes, sempre, as quatro estações. A neve já contém as sementes do verão e...

Desinteressado do que dizia o argentino, Batota voltou-se para o chinês e disse:

— Chegou vossa vez.

Foo ampliou o sorriso. Desconfiado, eu me perguntei: estará o china rindo do quê? Não será esse o riso de um sujeito que debocha permanentemente dos outros?

Parêntese. Reproduzo aqui a descrição de Foo, feita por um crítico literário francês, Jean Pierre de GrandMont Grenelle des Oiseaux Rouges: "*Monsieur* Foo Lee Shi Man é uma ridente máscara amarela, na qual se vê estampada, em todas as suas nuances mais negras ou solares, a verdadeira alma chinesa, fragmento mínimo do todo universal e paradigma de elevação e queda, glória e abjeção."

Com um movimento flexível, o chinês desviou de Batota e enveredou pelo corredor. O gerente do hotel e eu fomos atrás do homenzinho, que parecia deslizar no piso de cerâmica.

40

UMA TEMPESTADE NÃO DURA UM DIA

Chegando ao quarto de dona Miguela, Foo dirigiu-se diretamente à cama. Enfiou-se debaixo dela, mas logo saiu dali. Entre um espirro e outro, comentou:

— Na China, meu, quando tem muita poeira debaixo da cama, a gente costuma dizer: ou o cabo da vassoura é curto, ou a camareira é preguiçosa.

— Pode deixar comigo, senhor! — mugiu Batota, embaraçado. — Vou dar um jeito de arrancar o pescoço da camareira. Os malditos empregados brasileiros são uns preguiçosos!

— Segura a franga, Batota! — estrilei. — Não fale mal dos brasileiros na minha frente! Tivemos que aturar vocês, portugueses, por mais de trezentos anos. Roubaram o que puderam daqui e só nos deixaram, de troco, meia dúzia de piadas.

— Meia dúzia? Mentira. São milhões de piadas!

Nossa discussão foi interrompida por uma intrigante frase do chinês:

— Nem os fortes nem os violentos morrem no leito, mano.

Naquele momento, Foo examinava as cobertas da cama de dona Miguela, que estavam perfeitamente estendidas.

Batota piscou o olho para mim, cúmplice, e dirigiu-se ao chinês:

— O que quer dizer o senhor com estas palavras? Que dona Miguela era forte ou violenta? Que foi assassinada?

— Acho que foi assassinada, meu. Mas ainda não tenho pistas concretas. Diz o *Tao Te King*: "O bom andarilho não deixa pegadas."

— Também começo a achar que dona Miguela foi assassinada — palpitou Batota. — Nesse caso, oh, como eu gostaria de executar com minhas próprias mãos o matador da pobre espanhola! Gostaria de quebrar-lhe o pescoço...

— Interessante — comentou Foo, encarando o português. — O mano gostaria de degolar a camareira e também de esgoelar o assassino de dona Miguela. Puta, meu, você resolve tudo com a força das mãos?

— É só o meu jeito de falar, enfático — defendeu-se o português. E, dando-me uma cotovelada nas costelas, perguntou-me: — Sou ou não sou um homem pacífico, Campestre?

— Eu fora! — reagi. — Quem falou em matar foi tu. Agora, te vira!

— Sabe o que diz o *Tao Te King* sobre o uso inadequado das mãos? — perguntou Foo. E ele mesmo respondeu: "Quem toma a seu encargo o lugar do céu para aplicar a morte faz como quem quer serrar no lugar do carpinteiro: ao serrar, dificilmente salvará sua mão."

— Que beleza de ensinamento! — extasiou-se o gerente do hotel. — Gosto muito de frases chinesas. São sintéticas, plenas de beleza e verdade.

— As palavras verazes não são belas, as palavras belas não são verazes — retrucou Foo.

Parado diante do corpo de Miguela de Alcazar, o escritor chinês observou primeiramente o rosto. Depois, deteve-se no exame da mantilha. Aí, comentou:

— Ôrra, meu, a mantilha está esquisita aqui no alto da cabeça! Parece ter sido apertada contra o crânio da morta.

— O senhor está querendo dizer o quê? — perguntou Batota, afoito.

— A sabedoria chinesa ensina que devemos nos preocupar com o conjunto e não com os detalhes.

— Que raio de conjunto é esse? — quis saber o gerente do hotel.

— Ô, mano, não me obrigue a falar demais — pediu, delicadamente, o chinês. — Falar pouco é o natural. Uma ventania não pode durar uma manhã, uma tempestade não dura um dia.

— Desculpe-me se faço perguntas — insistiu Batota. — Mas ocorre que o senhor está a falar por parábolas e eu cá gosto das coisas diretas: pão, pão, queijo, queijo. Mas admito que, de todos os escritores que estão aqui no hotel, o senhor é quem mais leva jeito de sábio.

— O sábio cala, quem não sabe fala — retrucou Foo.

Depois dessas palavras, amuado, o português emburrou-se.

Foo ajoelhou-se e começou a examinar, com lupa, o tapete persa que cobria boa parte do chão do quarto. Findo o demorado exame, disse:

— Tentei ir além do limite das aparências, mas permaneceu em mim o mistério. Talvez porque tenha falado demais. No caminho do céu não devemos fazer perguntas, mas sempre obteremos as respostas.

— No frigir dos ovos, o senhor não saiu de cima do muro! — exaltou-se o gerente do hotel. — Não sabe se ela foi morta ou se morreu. Muito bem. Eu lhe pergunto à queima-roupa: foi o senhor quem matou dona Miguela?

Espantado, voltei-me para o gerente do hotel. O português tinha o rosto arroxeado de indignação. Parecia prestes a dar um tapa no chinês, que filosofou:

— Quem segue o caminho do tao não utiliza a violência, porque aos atos armados responderá a violência.

Sempre rindo, pisando macio, Foo deslizou para o corredor.

— Chinesinho escorregadio, não é mesmo? — murmurou Batota.

— Escorregadio e esperto — completei.

41

SERES HUMANOS SÓ TÊM PAZ ENQUANTO ESTÃO LENDO

De novo retornamos ao salão, a fim de buscar Jorge Luís Borgias, que seria o último a examinar o apartamento de Miguela de Alcazar.

— Não levo muita fé nesse argentino — disse-me Batota, no corredor. — Além de cego, é ruim da cabeça.

— Mas é um grande contista — ponderei. — Ele diverte-se bastante zombando dos seus leitores.

Olhei o relógio. Eram exatamente cinco horas quando chegamos à porta do salão. Paramos no umbral. Diante da janela, de costas para nós, Borgias recitou:

O mais era morte e somente morte
às cinco horas da tarde.
Ai que terríveis cinco horas da tarde!
Eram cinco horas em todos os relógios!
Eram cinco horas da tarde em sombra!

Batota bateu palmas.

Ainda estendida na poltrona, Fedorova abriu seus olhos cinzentos e os grudou em nós. Sim Et Non baforou mais forte.

— Viemos buscá-lo, senhor Borgias — anunciou o português. — Que belo poema era esse que o senhor recitava?

— "Pranto Por Ignácio Sanchez Mejias", de Federico García Lorca. Meu relógio de pulso tem um alarme que vibra às cinco em ponto da tarde. É a hora preferida da morte. A morte é desfecho da trama, a extinção das personagens, o fim do narrador.

De braços dados, Borgias e Batota iniciaram uma caminhada silenciosa em direção ao quarto da escritora morta. Lá, o argentino pediu a Batota que o sentasse na beirada da cama.

— As camas guardam o calor e o formato de todos os corpos que desfrutaram delas. Segundo Heráclito de Halicarnasso, há uma cama primordial e eterna onde estão reunidas todas as formas humanas, mesmo as mais hediondas.

— Vossas frases são lindas, senhor Borgias! — deslumbrou-se o Batota. — Pena que eu não as entenda no todo. Como, aliás, pouco compreendi do que disse o escritor chinês. Aprecio frases poéticas ou filosóficas, embora apanhe um pouco do significado.

— A verdade e a beleza morrem junto com o som das palavras, que se desfaz no ar. O silêncio tudo destrói.

— Ai, Jesus, que bela frase! — aplaudiu o português. — Mas me diga uma coisa: que faz exatamente o senhor nesse quarto, já que nada enxerga?

— Os cegos veem com todos os outros sentidos. Por exemplo, recorrendo ao meu olfato, posso lhe afirmar que Sim Et Non esteve parado no centro do quarto. Percebo o cheiro do seu cachimbo, que fede tanto quanto o baú de roupas íntimas da tripulação de um navio pirata. Também sei que o chinês meteu-se debaixo desta cama — o argentino bateu com a mão ossuda na colcha. — Ele usa um perfume particularmente adocicado. Eu poderia falar da movimentação de Fedorova e de *lady* Águeda, mas, como as mulheres abusam dos perfumes, não haveria mérito nessas constatações.

Batota e eu nos olhamos, impressionados. O poeta argentino continuou:

— Usando um outro sentido, desta vez a audição, eu diria que, neste exato momento, ao longe, soa o lamento de uma sirene de ambulância. Pelo desespero com que ecoa, eu diria que está vindo pra cá, a fim de levar o corpo da nossa desventurada Miguela de Alcazar.

Borgias calou-se. Passados alguns segundos, Batota e eu ouvimos um silvo de ambulância, ainda muito distante.

O argentino pigarreou antes de perguntar:

— Poderiam vocês me dizer em que posição está a nossa morta?

— Está recostada à poltrona, perto da mesa, ao lado do abajur, diante da janela, lendo — sintetizou Batota. — Parece muito serena.

— O ser humano só tem paz enquanto lê. Durante a leitura, nossa alma vagueia pelo mundo sem exigências da imaginação. Ao ler o livro mais chinfrim, estamos lendo tudo que já foi escrito no Universo.

42

ALGUÉM QUE CULTIVA O ESTILO ORACULAR

Para romper o silêncio reflexivo em que nos havia mergulhado, o próprio Borges perguntou:

— Que livro lia dona Miguela?

— A Bíblia, *don* Jorge — explicou o português, emocionado. — O livro santo!

— Que trecho lia ela? A erótica canção de amor do rei Salomão, o conto satírico de Jonas ou a turbulenta peroração de Jó sobre a insensibilidade de Deus?

— Nenhum desses livros, mestre — disse Batota. — Lia o trecho final do Apocalipse.

Mortalmente pálido, o escritor argentino levantou-se. Trêmulo, com a ponta da bengala metralhando o piso, murmurou:

— Tirem-me já daqui!

Quando Batota e Borgias, de braços dados, deixavam o quarto, ouvi bem próxima a sirene. Aproximei-me da janela a tempo de ver a espetacular freada do veículo no estacionamento. Era uma ambulância destrambelhada que ostentava letras imensas no capô: IML.

Dela desceram três homens que se encaminharam para o corpo do hotel. Fiquei parado no corredor. Pouco depois, abriu-se a porta do elevador e dele saíram os sujeitos que eu havia vislumbrado pouco antes. Levei-os até a sala de reunião, onde se encontravam Batota e os escritores.

— Eu sou o doutor Abelardo Nepomuceno Crescente — disse o mais baixo, mais gordo e mais calvo dos três. — Sou o legista-chefe do IML de Brasília. Nas horas vagas, escrevo livros policiais, desses que se vendem em banca. Portanto, sou colega dos senhores. Conheço o metiê. Fiquei muito abalado ao saber que a morta é Miguela de Alcazar. Portanto, aqui estou, pronto pra levar a nossa grande escritora ao meu laboratório, onde farei, em pouquíssimo tempo, a mais meticulosa autópsia da minha vida.

— Abra bem os olhos ao cortar o cadáver dessa pobre mulher — disse Borgias. — São inúmeros e intrincados os caminhos que nos levam aos infernos.

— Ainda não gastou seu estoque de frases ambíguas, *don* Jorge? — ralhou Batota. — O senhor não poderia ser mais preciso nessa nova insinuação?

— Claro que não! — retrucou o argentino, enfático. — Faço o tipo do escritor oracular, aquele cujas frases têm que ser decifradas. Esperemos a leitura do documento de alta literatura que certamente será o laudo de autópsia do nosso colega. Aí, falarei abertamente, se for necessário.

— O ministro das Relações Exteriores interessou-se pessoalmente por este caso — disse o legista, assumindo ares de importância. — Ligou-me ainda há pouco pedindo empenho e dedicação. Garanti a ele que a autópsia, impecavelmente científica, será feita de imediato. O resultado sai ainda hoje.

— É isso daí — comentou Águeda Christine. — Temos urgência em saber se a pobrezinha foi morta ou não.

— Venha por aqui, doutor — agitou-se Batota, empurrando o legista e seus ajudantes na direção do apartamento

1313. — Precisamos retirar o corpo discretamente pelo elevador de serviço. Não assustem os hóspedes!

O português voltou-se para nós e, fazendo o gesto de quem espanta galinhas, disse:

— Os senhores podem descansar um pouco. Mandarei servir uns drinques às sete horas. O jantar começará às oito em ponto.

— Bah, tchê, pra mim, qualquer carne serve — disse Dax. — Pode ser costela ou picanha. O importante é que venha sem veneno.

— Quer dizer, então, que hoje não teremos a reunião de trabalho? — indagou Fedorova. — Eu estava arretada por um debate. Russos gostam mais de polêmica do que cearense de rede.

— A gente debate amanhã, sô — intrometeu-se Águeda Christine. — Desde que nenhum outro de nós morra até lá.

43

A DESCOBERTA DO VINHO, SEGUNDO UM BORRACHO

Enquanto Batota despachava a defunta para o rabecão e os escritores voltavam a seus apartamentos, permaneci no salão. Jogado numa cadeira, de olhos fechados, liguei o gravador e fiquei ouvindo as fitas, a fim de refrescar minha memória. Anotei na caderneta algumas frases que não havia registrado e retoquei outras que tinha incompletas. No final, fiquei impressionado com o grande número de frases ambíguas.

Concluí que as gravações não ajudavam em nada os escritores. Todos eles, em algum momento, como diz a gíria, haviam pisado o tomate. Por duas ou três frases se comprometiam, transformavam-se em potenciais suspeitos. Quase todos tinham falado mal de Miguela de Alcazar. Caso se constatasse que a anciã fora mesmo assassinada, eles ficariam "mal na foto", como dizem os gaúchos.

Aproveitando o tempo livre, esbocei uma tabela de suspeição, tendo como base o número de frases comprometedoras. Depois, rascunhei um esquema da reportagem que publicaria no *Correio de Brasília*. Os minutos escorriam preguiçosos. Senti sono. Cabeceei. Acomodei-me melhor na poltrona. Adormeci. Foi um sono breve e agitado. Sonhei com facas ensanguentadas, estampidos de tiro, corpos sem cabeça e cabeças sem corpo. Despertei sobressaltado quando Batota deu-me vigorosa palmada no joelho:

— Como podes dormir num dia tão movimentado quanto este, pá?

— Cansaço acumulado — bocejei. — Que horas são?

— Dez para as sete. Começaremos a noite com uma sessão de aperitivos.

Em cima do estrado, o mesmo garçom míope distribuía pratos e talheres pela imaculada toalha branca que cobria a mesa-redonda. Num carrinho ao lado da mesa, havia muitas garrafas.

Garrafas! Esse é o meu ponto fraco, confesso. Sei que invariavelmente elas contêm líquidos e isso é o que me importa. Gosto igualmente de vinho, uísque e cerveja. Em grande quantidade, de preferência. A qualidade é importante, eu sei, mas, como meu salário é modesto, em geral não me concentro nesse quesito. Antegozando o surdo estouro das rolhas ou o suave rascar de tampas de uísque sendo giradas, comecei a salivar.

Lembrei, então, que não havia bebido um só copo de água durante aquela longa tarde. Minha língua colou-se ao céu da boca.

— Água — gemi.

O garçom veio até onde eu estava com uma bela garrafinha verde de água Perrier. Bebia-a de um só gole.

— Traga mais duas — pedi.

— Nunca vi ninguém gostar tanto de água! — espantou-se Batota.

— Odeio água — expliquei. — Só bebo água quando preciso lavar o salão, antes de um baile.

— Salão? Baile?

— Baile de destilados e fermentados. Pretendo beber uma barbaridade — apontei o carrinho das bebidas. — São raras as ocasiões em que me vejo diante de tantas garrafas.

— Você gosta de beber?

— Gostar é um verbo fraco e inexpressivo, Batota. Procure outro, mais robusto.

— Em Portugal, amamos o vinho.

— A paixão do homem pela bebida começou pelo vinho — expliquei. — Li numa revista que, no início dos tempos, os homens não eram nem carnívoros nem herbívoros. Eram bebedores. Bebiam água com lodo. De quando em quando, engoliam um peixinho e isso melhorava a dieta deles. Um dia, um raio fez cair uma videira num riacho. Aí, no dia seguinte, as uvas foram pisoteadas por uma manada de dinossauros. Um homem que ia passando bebeu daquela água vermelha e ficou eufórico. Estava descoberto o vinho...

44

SOBRE OS HÁBITOS ALIMENTARES DOS BRASILEIROS

A minha empolgada historieta sobre a gênese do vinho foi interrompida pela chegada dos escritores. Às sete horas em ponto, eles voltaram ao salão.

Respirei aliviado ao ver que não faltava nenhum deles. Em bloco, entraram no salão. Em silêncio, subiram para o palco e espalharam-se em torno da mesa. Era como se tivessem ensaiado aquele retorno.

Com um gesto de cabeça, o português mandou-me sentar. Por sorte, minha cadeira estava justamente ao lado carrinho de bebidas. Espichei um olhar sedento às garrafas. Não registrei ali a falta de nenhum destilado. Havia desde vomitivos, como vermute, até o néctar dos biriteiros, que se chama uísque.

— Façamos brindes aos deuses da literatura! — sugeriu Batota, aos berros.

Verti uísque num copo. Controlei-me para não enchê-lo até a borda. Evitei, com asco, o balde de gelo que o garçom me ofereceu.

— Viva Gogol! — gritou Fedorova.

— Salve Shakespeare! — silvou Águeda Christine.

— Glória a Molière! — fumaceou Sim Et Non.

— Vida eterna a Lao Tsé — sorriu Foo.

— Uísque farto pra Poe, esteja ele onde estiver! — resmungou Dax.

— E vinho para Cervantes! — acrescentou Borgias.

Esvaziei o copo com um só gole, enchi outro e, entusiasmado, berrei:

— Que não falte um boteco no céu pra Graciliano Ramos!

— Para sempre viva Camões! — ululou Batota.

— Felizmente, os deuses da literatura são numerosos — disse Fedorova, que estrangulava na mão direita o pescoço de uma garrafa de cachaça. — Viva Tchecov!

Logo notei que todos ali apreciavam substâncias líquidas. Apesar de idosos, eles vertiam generosas doses nos respectivos copos e, depois, os esvaziavam com rapidez.

Sim Et Non dedicou o derradeiro viva à memória de Miguela de Alcazar:

— Que Deus a acolha na sua bem guarnecida adega!

Às oito horas, pontualmente, chegaram travessas fumegantes. Batota ergueu-se e foi ajudar o garçom a servir. Tratei de forrar o estômago. Precisava estar bem alimentado para derrotar o carrinho de bebidas. Saco vazio não para em pé, diz meu pai.

Confesso que fiquei espantado com a capacidade de absorção de sólidos e de líquidos da velharada. Sou incapaz de dizer quem mais bebeu ou comeu. Até os escritores milionários saem do sério quando a boca é livre. Desataram-se as línguas.

Passou a reinar ali um clima de total descontração. Bolinhas de miolo de pão, embebidas em molho, voavam de um lado a outro. Azeitonas e ervilhas eram os outros projéteis utilizados. Senti-me de volta à hora da merenda no grupo escolar do Alegrete, onde estudei. Enfiei um aspargo pelo decote de Fedorova. Ela adorou.

Por uma longa hora estendeu-se a comilança.

Aqui, neste trecho do livro, permitam-me breve digressão a respeito dos hábitos alimentares dos brasileiros. O Brasil é o país onde mais se come no mundo. Dizem que na França come-se bem. Concordo, mas lá não se come tanto. Nós, brasileiros, desprezamos molhos sofisticados, condimentos raros e porções delicadas. Comemos no atacado. Quer carne? Pois, muito bem, aqui vai um quilo de picanha gorda. Bom proveito, coma até morrer! Quer feijoada? Pois coma três pratos cheios até a borda e depois procure ajuda médica.

Eu poderia aqui dizer também que em certas áreas do Brasil come-se mal. E pouco. É um calango hoje, um ratinho daqui a duas semanas. E mandioca, pouca. Poderia me estender sobre isso, mas não o faço em homenagem às pessoas que gastaram dinheiro com este livro. Turistas e leitores de livros policiais não gostam de miséria.

45

GRUPO ORQUESTRADO DE ASSASSINOS CRUÉIS

Voltemos, pois, ao regabofe.

Entre gargalhadas e arrotos, comemos. Muito.

Só paramos de mastigar quando a porta do salão abriu-se em par e deu passagem à figura miúda e bem armada de Jerônimo Aroeira, que chamou Batota com o indicador em forma de gancho. O policial e o gerente sumiram por cinco minutos. Depois eu saberia que, naquele tempo, o português passou ao delegado a ficha de todos os escritores.

— Rango pra mais um! — gritou o titular da Primeira Delegacia de Polícia de Brasília, quando a porta se abriu pela segunda vez.

O tal clima descontraído, que havia perdido o embalo com o surgimento do policial na porta, dissipou-se quando ele se acomodou numa cadeira que colocou entre Batota e eu. Consigo, Aroeira trouxera da rua uma nuvem negra, que estacionou sobre nós. Ele havia prometido que só voltaria caso Miguela tivesse sido assassinada. Perdemos o restinho de apetite, com exceção do Batota, que continuava a aterrar, com grandes garfadas de bacalhau, o seu mui dilatado ventre.

— Bacalhoada pra mim também — ordenou o delegado, depois de lançar um olhar famélico ao prato do português.

Veio a bacalhoada num prato tão monumental que alimentaria, facilmente, um time de rúgbi. Aroeira o derrotou em pouco tempo. O delegado era daquele tipo de gente que considera o ato de mastigar uma perda de tempo, uma atitude insensata que só nos leva a um desgaste desnecessário dos dentes. Engolia garfada em cima de garfada. Parecia foguista de trem alimentando a caldeira com pás de carvão. Enquanto comia, permaneceu mergulhado em elucubrações profundas.

De repente, meu coração brasileiro se encheu de esperança. E se o Aroeira, aquele modesto policial, fizesse uma bela investigação diante dos semideuses da literatura policial? E se ele sobrepujasse em argúcia os criadores dos mais famosos tiras fictícios do mundo?

Foi um impulso ingênuo, reconheço hoje, mas eu estava tonto.

Depois de atirar a última pá de bacalhau para dentro da goela, o delegado comandou:

— Que o garçom se retire!

O míope escafedeu-se. Estava bêbado como um gambá. Notei que ele bebia discretamente toda vez que se virava de costas para nós, a fim de apanhar uma garrafa. Com gestos rápidos, enchia pequenos copos que sugava por um canudo. Pensei, tolo que sou, que ele provava as bebidas para ver se alguma delas estava envenenada. Levei um tempo até perceber que o garçom catacego era apenas mais um pinguço numa sala cheia de biriteiros.

Quando se desfez o barulho do elevador, o que poderia significar que o garçom havia chegado ao térreo, Aroeira abriu o paletó. Com um gesto lento e teatral, puxou do bolso um envelope lacrado.

— Senhoras e senhoras, vou ler agora o laudo da autópsia realizada no corpo de Miguela de Alcazar — anunciou, com voz solene. — Mas, antes, já posso adiantar que ela foi assassinada.

O silêncio adensou-se em torno de nós.

Por cima da mesa, entre os restos de comida, manchas de molho, talheres sujos e copos embaçados, rastejavam os olhares ariscos dos escritores.

— Sim, contrariando a abalizada opinião de um policial experimentado como eu, a escritora espanhola foi morta. Aliás, ela foi morta mais de uma vez, se é que se pode falar assim.

O silêncio tornou-se ainda mais pesado, e os olhares, mais desconfiados.

— Miguela de Alcazar foi assassinada por um profissional impiedoso e mau ou por um grupo orquestrado de assassinos cruéis, gente cerebral e implacável.

Neste ponto, o olhar do delegado começou a circundar a mesa. Lentamente, movia-se de um rosto a outro. Por um longo minuto fixava-se numa determinada face. Depois, passava a outra. Acossados pelas miradas inquisidoras, os escritores baixavam a vista, constrangidos. Com exceção, é claro, de Borgias, que parecia olhar diretamente para as lâmpadas do lustre.

Concluída a observação de todos os rostos, Aroeira anunciou:

— Passo agora a ler o laudo.

46

A SATISFAÇÃO DE UM CANA COM UM LAUDO BEM-FEITO

Jerônimo Aroeira limpou a garganta e lascou:

— Na análise do corpo da senhorita Miguela de Alcazar y Casas de Bourbon, espanhola, 96 anos, solteira, foi identificada a presença de três tipos de veneno. Nas vísceras, em meio a restos de refeição, provavelmente composta de arroz, feijão, carne e batata frita, detectamos a presença de arsênico em alta concentração. No sistema nervoso central, encontramos neurotoxina de serpente, do tipo *viperidae*, que pode ter sido injetada no corpo da vítima a partir de uma minúscula perfuração que localizamos no pescoço. Por fim, encontramos também traços significativos de estricnina, notadamente nos lábios e na língua da vítima.

O delegado passou os olhos pelos escritores, mas ninguém o encarou.

Revirando os beiços e arregalando os olhos, Batota informou-me que estava impressionado com o trabalho do legista.

Depois de um largo suspiro, o policial continuou a leitura:

— Quando analisávamos a caixa craniana da vítima, observamos um ligeiro afundamento na nuca, resultante de golpe. Descobrimos, pelo exame da região occipital, que o ferimento era recentíssimo. A lesão foi causada por objeto pesado, certamente de forma arredondada. Embora não tenhamos podido avaliar, no pouco tempo que nos foi concedido, a total extensão desse dano, mortal ou não, podemos dizer que foi considerável, tendo em vista a fragilidade dos ossos da vítima, sua idade adiantada etc.

Espanto geral. Ninguém ali esperava um laudo tão detalhado.

— De qualquer brasileiro, o mundo espera, sempre, a mais completa e irrestrita incompetência — murmurou Batota.

Fiz-lhe uma banana.

— A análise dos pulmões mostrou danos recentes e extensos — continuou Aroeira. — As paredes estavam corroídas; os alvéolos, rígidos. Na parte inferior do pulmão esquerdo, havia um pouco de sangue. Concluímos, desses indícios, que a vítima pode ter inalado algum tipo de gás letal. Esse gás, sem dúvida, enrijeceu-lhe os alvéolos, que ficaram como que petrificados. Recolhemos uma pequena amostra do elemento químico que atacou os alvéolos e que causou dano às paredes do pulmão. Submetemo-lo a um exame, mas não conseguimos identificá-lo inteiramente. A priori, suspeita-se de um novo composto, sintetizado recentemente em laboratórios asiáticos, do qual tivemos notícia através de publicação acadêmica. O material colhido será enviado para exame mais aprofundado em um laboratório especializado, em São Paulo.

Notei no rosto de Aroeira um certo ar de soberba: estava satisfeitíssimo por ler um laudo tão abrangente diante daqueles mestres da criminalística.

Leitura tão impressionante fez evaporar boa parte do álcool que eu havia ingerido. Que, convenhamos, não era pouco. A cada frase eu ficava mais esperto. Cada palavra de Aroeira soprava um pouco da nuvem que toldava minha cachola.

O delegado arrematou:

— Finalmente, ao examinarmos o coração, verificamos que a vítima sofreu um infarto. Não se pode constatar, com precisão, se esse evento determinou o óbito, se foi do tipo que se costuma chamar fulminante. Tratava-se de uma pessoa muito idosa e, em casos similares, é comum os ataques serem menos intensos. Assim, crescem as chances de o infarto ter *apenas* contribuído para a morte, ou seja, embora fraca, juntando-se aos outros danos sofridos pela vítima, quais sejam envenenamento e pancada, a síncope cardíaca pode ter acarretado o falecimento. Mas advertimos: em um caso como este, não se pode afastar a hipótese de infarto induzido.

O policial dobrou o laudo e, com gestos vagarosos e majestáticos, o guardou no bolso.

47

A VACILANTE HABILIDADE DOS CACHACEIROS ESCOLADOS

— Em uma já longa carreira policial, nunca tive caso semelhante em minhas mãos — disse Aroeira, voz grave.

— Morte em cima de morte. O crime mais parecido a este de que me lembro foi praticado por um louco que tinha a mania de se dizer poeta. Depois de matar a pauladas um companheiro de hospício, também poeta, o sujeito resolveu degolá-lo para não deixar aberta a possibilidade de ressurreição. Mas, como a cabeça continuasse a ofendê-lo decidiu jogá-la no lago para que se afogasse. Por que tudo isso? Porque o poeta morto tinha a mania de dizer que pertencia à Academia Brasiliense de Letras e que era imortal.

Era visível o constrangimento dos escritores. Estariam encalistrados porque não esperavam laudo tão devastador ou teriam motivo mais profundo?

Aroeira continuou:

— Hoje, aqui, tivemos uma vítima à qual foram impostas muitas mortes: envenenamento, inalação de gás letal, pancada e, pra culminar, um infarto. Seguramente provocado. Nunca ouvi falar em nada igual. É crueldade demais!

O delegado se levantou e dirigiu-se ao Batota:

— Gerente, que o garçom traga novas garrafas pra completar a lotação do carrinho! Vamos ter uma longa noite pela frente. Como as pessoas aqui presentes terão de falar bastante, quero muitos líquidos pra que todos refresquem a garganta.

Batota levantou-se e, um tanto vacilante, foi até o telefone. Enquanto ele se entendia com o garçom, Aroeira, mãos nas costas, pensativo, caminhava ao redor da mesa.

Pouco depois, chegava o garçom míope. Parecia mais bêbado do que antes. Temi que derrubasse alguma garrafa. Mas ele possuía a vacilante habilidade dos cachaceiros escolados. Parava sempre a um milímetro do desastre. Se o danado quebrasse uma garrafa, eu lhe arrebentaria as fuças. Tomo qualquer dano a uma garrafa, seja de que bebida for, como ofensa pessoal.

Conheço garçons que trabalham bêbados. Não é uma tarefa complicada trazer pratos cheios e levá-los embora, vazios, depois. Sempre podem tomar, de graça, restinhos de vinho caro. Mulheres sempre deixam um dedo no fundo do copo. Acham que é chique.

Abastecido o carrinho, o garçom tentou achar o caminho de volta ao elevador, mas, incerto e trêmulo, foi direto a uma janela aberta. Pensei que ele havia escolhido a forma mais rápida para descer. No último segundo, desviou da morte e se encaminhou para o elevador.

Espichei olhos babosos para o carrinho de bebida. Eu já estava praticamente sóbrio de novo, pronto para mais uma saturnal. Bebida de graça é uma coisa muito boa, bebida boa de graça é algo maravilhoso.

— Sirvam-se, senhores — comandou o delegado.

Voei para o carrinho. Enchi um copo com um Juanito de quinze anos, rótulo azul. Não boto gelo, nunca. Segundo a física, gelo ocupa lugar no copo.

Os escritores serviram-se depois. Pragmáticos, Borgias e Fedorova pegaram logo uma garrafa cada um: ele de vinho, ela de cachaça. Assim evitavam o trabalho de encher um copo a todo instante.

Aroeira observava-os enquanto se serviam. Borgias era o mais agitado, falava alto e ria nervosamente. Seu comportamento atraiu a atenção do delegado, que disse em tom casual:

— O que o senhor Borgias, que é um homem muito culto, teria a nos dizer sobre as múltiplas mortes de Miguela de Alcazar? — perguntou Aroeira.

O escritor argentino tomou no gargalo um quase interminável gole antes de responder:

— Miguela de Alcazar era uma espanhola e, como sabemos, os espanhóis são um pobre povo árabe deslocado na Europa. Por isso, sofrem de um avassalador sentimento de inferioridade. Isso os faz invejosos. Não suportam que nós, argentinos, por exemplo, sejamos mais cultos que eles. Miguela de Alcazar me odiava porque sou sempre lembrado para receber o Nobel, e ela nunca o foi.

— Mas o senhor jamais recebeu o Nobel — intrometeu-se Batota.

— Felizmente. Se o tivesse recebido, provavelmente Miguela de Alcazar teria cravado um punhal no meu coração. Ela não suportaria essa humilhação final, embora justa.

— Não estou interessado na disputa de vaidade entre cucarachas — rosnou Aroeira. — Tendo em vista a autópsia, vamos fazer uma varredura no apartamento 1313. Certamente, encontraremos traços de sua passagem por lá, senhor Borgias. Portanto, poupe-me a trabalheira e me diga: por que motivo o senhor matou Miguela de Alcazar?

48

PALAVRAS VIVEM TROCANDO DE SENTIDO

A dureza da pergunta espantou a todos.

— Não gosto das suas frases, delegado! — Borgias bateu com a ponta da bengala no chão. — O senhor vai diretamente ao ponto. A verdadeira linguagem, no entanto, é labiríntica, sinuosa. Deve-se circular por ela com cuidado, tateando. Feito o alerta, eu lhe respondo: não matei Miguela de Alcazar. Mas é claro que não lhe digo isso de forma categórica...

— Explique-se melhor — exigiu o policial.

— Reconheço, no entanto, que posso ter contribuído para a morte dela. Se isso ocorreu, foi sem que eu o desejasse.

— Não sou bom em gramática — disse o delegado, formando um biquinho com os lábios, fazendo cara de nojo. — Da língua portuguesa, só sei que não se coloca vírgula entre sujeito e verbo. Portanto, não entendi exatamente onde o senhor quer chegar com o palavrório.

— Reconheço que, para meter bandidos na cadeia, não se precisa de profundos conhecimentos sintáticos — retrucou Borgias. — Voltando ao principal, falarei da minha hipotética participação na morte de Miguela de Alcazar. Se contribuí para o falecimento dela, foi com uma inocente brincadeirinha...

— Brincadeirinha? — espantou-se Aroeira.

— Exato. Miguela costumava ler logo após o almoço. Não é uma boa hora para se ler. Acontece que coloquei um bilhetinho brincalhão dentro do livro que ela estava lendo. Pode ser que ela tenha visto o tal bilhete e...

— Conte logo essa história! — exigiu Aroeira.

— Tudo começou na portaria deste hotel. Quando nos registrávamos, escutei o porteiro dizer a Miguela que ela ficaria hospedada no apartamento número 1313. No mesmo instante, lembrei-me de que a Bíblia que Miguela costumava ler tinha exatamente 1313 páginas. Possuo um exemplar da mesma edição, que saiu do prelo do impressor Juan Ruíz Cabeza de Toro, em Barcelona, em 1796. Foi com grande gosto que li essa edição, quando ainda não era cego, evidentemente, num internato suíço e...

— Volte pra história central — exigiu o delegado.

— Na portaria, discretamente, rabisquei um bilhetinho. Escrevi-o com a mão esquerda para disfarçar minha letra. Depois, pedi a Miguela que me deixasse pegar sua Bíblia. Aleguei que queria cheirar a encadernação em couro. Então, coloquei o bilhete na última página. Pensei assim: se, por acaso, o encontrar, Miguela terá um belo susto.

— O que dizia o bilhetinho? — perguntou Aroeira.

— Não lembro. Usei várias palavras, mas não me recordo em que ordem as coloquei. Aliás, com o passar do tempo, as palavras assumem novos sentidos. Por vezes divergentes dos originários. Num conto levantei a hipótese de que, fechado um livro, as palavras se movem de uma página a outra, a fim de confraternizar com...

— Não li esse conto — cortou o delegado, seco. — E, se tivesse lido, não teria gostado. O senhor sabe exatamente o que escreveu no bilhete, mas está mentindo pra mim. Fale!

49

A SESTA PROPORCIONA OS MELHORES PESADELOS

Batota levantou-se e apontou na minha direção:

— Senhor delegado, o jornalista está com o tal bilhete, que, aliás, foi escrito em português.

Levei um susto. Eu nem me lembrava mais do bilhete. Estupidificado, tateei os bolsos à procura dele.

— Leia! — ordenou o delegado.

Com voz incerta, li:

— Durante o congresso eu a desmascararei, Miguela. Apontarei os trechos dos vários livros que você plagiou ao escrever *O Touro Maltês*.

Aroeira voltou-se para Borgias:

— Por que o senhor escreveu em português? Por que não escreveu na sua língua?

— Se escrevesse em espanhol, não resistiria à tentação de construir frases elegantes, que acabariam me denunciando. Utilizando-me de uma língua rústica, como o português, fui obrigado a ser quase grosseiro.

Indignado com a ofensa à última flor do Lácio, Batota levantou-se bruscamente, o rosto deformado pela indignação:

— Língua rústica é o espanhol que vocês falam — reagiu o lusitano. — Na Argentina, todos falam como se fossem locutores de turfe.

Fulo da vida, o português apanhou no prato um resto de bife, que jogou contra o escritor portenho. O sangrento projétil acertou em cheio o rosto do poeta. Lentamente, em silêncio, Borgias limpou-se com um lenço. Por fim, disse:

— Era carne uruguaia, *entrecôte* de segunda. E o animal, provavelmente, estava com febre aftosa. Da próxima vez que tentar me matar, use um punhal de prata ou, em último caso, um bife de filé argentino.

Alguns escritores ensaiaram uns risinhos, mas o Aroeira os calou com um olhar gélido. Depois, indagou do argentino:

— Onde o senhor aprendeu tão bem o português?

— Minha mãe leu para mim, mais de dez vezes, *Os Sertões*, de Euclides da Cunha.

— Não lhe passou pela cabeça que dona Miguela poderia levar um susto fatal? — perguntou o delegado.

— Não, de modo algum.

— Mentira! — explodiu Batota. — O porteiro do hotel ouviu quando o senhor sugeriu a dona Miguela que lesse o final do Apocalipse depois do almoço.

— Porteiros de hotéis são abelhudos — disse Borgias, mal controlando a indignação. — Admito que sugeri a Miguela a leitura do Apocalipse após o almoço porque é o livro bíblico que proporciona os melhores pesadelos.

Os pesadelos das *siestas* são mais apavorantes do que os noturnos. Portanto, mais proveitosos literariamente.

— Por que o senhor assinou com a letra esse? — indagou Aroeira, levantando-se.

— Porque é a nona letra do meu nome. E o nove, na mitologia protopérsica, corresponde ao semideus do pesadelo, Hilomeus Katrei, o Nove Dedos, meio homem, meio tigre.

A resposta não satisfez o delegado que, movendo a cabeça de um lado a outro, negativamente, deu uma volta ao redor da mesa:

— O seu bilhete é cruel. Criminoso, eu diria. Seguramente ele causou o enfarto sofrido por dona Miguela.

Um silêncio constrangedor baixou sobre a mesa. Por mais de um minuto chafurdamos nele, até que Borgias disse:

— Não gostei do emprego da palavra *seguramente*, delegado. Não temos o direito de ser peremptórios. Nem mesmo quando aquilo de que estamos falando se passou diante do nosso nariz. Entre um fato e sua enunciação, mesmo que simultânea, há um abismo colossal. Assim, se for facultado ao senhor o emprego da palavra *seguramente*, eu terei direito a retrucar usando a expressão *de modo algum*. E, com isso, ambos teremos razão em um ou em outro momento.

50

PROVA NÃO TEM IMPORTÂNCIA NO BRASIL

Satisfeito consigo mesmo, encantado por estar embromando o policial, Borgias mal escondia um sorriso. Ao fim de um demorado pigarro retórico, continuou:

— Seu raciocínio é interessante, delegado, mas falso. Se não é falso, é improvável. Em português moderno, *improvável* significa aquilo que quase certamente não ocorreu. Em português arcaico, *improvável* é tudo aquilo que ocorreu, mas cuja veracidade não se pode comprovar. A última acepção é a correta para o nosso caso.

Aroeira sacudiu fortemente a cabeça como boxeador nocauteado que tenta voltar à luta.

— Acompanhe meu raciocínio — continuou Borgias. — O senhor sugere que dona Miguela sofreu o enfarte por ter lido o bilhete. Mas, aí, eu lhe pergunto: poderá o senhor provar que há uma ligação direta entre dois fatos de natureza distinta: a leitura, que é algo espiritual e elevado, e a morte, que é um fato físico, sem transcendência?

Parado ao meu lado, Aroeira manteve a cabeça abaixada por uns segundos. Depois, embora atordoado, atacou:

— O senhor tenta erguer aqui uma barricada verbal pra fugir à Justiça brasileira, mas não conseguirá se safar. Isso eu lhe garanto.

Aroeira bicou um gole de uísque e recomeçou:

— O Brasil é um país de amantes da palavra falada. Praticamos com gosto uma língua portuguesa mestiça, mais vigorosa e doce do que o idioma original. Mas, analfabetos na maioria, odiamos a palavra escrita. Além de difícil de ser entendida, ela permite interpretações divergentes.

— Que tenho eu a ver com o pendor brasileiro para a agrafia.

— Tudo! — disse o delegado. — Indiciado por mim, o senhor será levado a júri. No Tribunal, prestarei um depoimento emocionado contra o senhor. Os jurados acreditarão em mim porque sou brasileiro. O senhor, estrangeiro, será considcrado culpado.

— Mas as provas? — indagou Borgias, assustado. — Onde ficam as provas nesse hipotético julgamento?

— No sistema judicial brasileiro, provas não têm muita importância. Direi de saída que o senhor é argentino. Logo os jurados farão uma ligação com o futebol, e aí...

— Mas eu odeio futebol! — gemeu Borgias. — Escrevi isso repetidas vezes.

A preocupação do poeta argentino era visível nas sobrancelhas ainda mais espetadas naquele momento.

Nós, gaúchos, somos treinados, desde o berço, a odiar os argentinos. Diz o ditado: com sino, menino e argentino, só na pancada! Mas a verdade é que senti pena de Borgias. Afinal, era um velhinho!

Resolvi fazer uma pergunta para ver se aliviava a barra dele:

— O senhor estava blefando quando escreveu que dona Miguela havia plagiado alguns livros ao escrever *O Touro Maltês*?

51

AUTORES EMPRESTAM SUAS ABERRAÇÕES AOS PERSONAGENS

Depois de detectar solidariedade e cumplicidade na minha pergunta, Borgias comentou:

— Nenhum livro está isento de plágio, no todo ou em parte. Gênios ou escritores de quinta categoria, nós só rabiscamos pastiches do livro infinito que foi, está e estará sempre sendo escrito pelos deuses. Quem se utiliza da palavra escrita recorre a um único e inesgotável manancial de símbolos, que é do uso também das divindades. Em contrapartida, os deuses nos exigem moderação...

— Saia do labirinto! — berrou Aroeira. — Esqueça os deuses e volte ao plágio.

Nervosas e assustadas, as mãos de Borgias tamborilaram dramáticos trechos de tangos no tampo da mesa:

— Falando em termos rasteiros, eu diria que a ambiguidade sexual do detetive Federico Cervantes, de *O Touro Maltês*, parece ter sido copiada da discreta veadagem de Herculano Poire, o detetive criado por Águeda Christine.

Depois de um suspirado oh! de espanto, todos os olhares se voltaram para Águeda Christine, que piscou, piscou, piscou, mas nada falou.

Borgias prosseguiu, ferino:

— Federico Cervantes também lembra Jales Maigrot, o comissário inventado por Georges Sim Et Non. São semelhantes na estupidez. Teria Miguela de Alcazar calcado seu herói no de Sim Et Non? É possível... Mas sabe-se também que, quase sempre, autores buscam na própria mente as aberrações que emprestarão aos seus personagens...

— Seria por isso, meu irmão, que Dom Isidoro Paródia é tão pedante? — perguntou Sim Et Non. — Seria esse detetive, inverossímil e livresco, um resumo de toda a sua obra?

Nossos olhares foram de um a outro. As bochechas chupadas de Sim Et Non estavam vermelhas e tremiam. O escritor argentino aparentava calma, mas a agitação histérica das suas sobrancelhas denunciava o esforço que fazia para se controlar. Dom Isidoro Paródia era seu personagem literário mais conhecido. Com um alçar de ombros, Borgias continuou a destilar veneno:

— Eu diria também que alguns trechos de *O Touro Maltês* lembram as passagens mais banais de *Contravenção e Penalidade*, da nossa amiga Fedorova...

— Banal é a senhora sua mãe, aquela quenga da peste! — disse Fedorova e fez menção de levantar-se. Mas não conseguiu. A provisão de cachaça que tinha no bucho a puxou para baixo e a fez sentar-se de novo. Furibunda, continuou: — Não sou sua amiga! Nunca fui, nem serei! Espero que você arda pra sempre no círculo dos baitolas no inferno, castelhano filho do cão!

Sem se abalar com os berros da russa, o poeta despejou mais uma dose de peçonha:

— Se pudesse falar sem ser interrompido por grunhidos, eu afirmaria ainda que os mais tediosos trechos de *O Touro Maltês* guardam forte semelhança com as mais áridas passagens de *Guerra na Praça da Paz Celestial*, do senhor Foo Lee Shi Man.

Voltamo-nos todos para o chinês, cuja reação foi abrir um pouco mais o sorriso, fechando, na mesma proporção, os olhos:

— O tédio é um estado em que um espírito cultivado permanece a maior parte do tempo. O que há de mais grandioso na Terra? O deserto. O deserto é a metáfora perfeita para a aridez de nossas vidas. O deserto é o nada, e o nada é o vazio. De que está cheio o vazio, meu? De tédio. Leitor culto é o que sabe apreciar os trechos mais áridos de um livro.

As sobrancelhas de Borgias sossegaram por um instante, reconhecendo que o chinês também era bom em frases sinuosas.

52

AMERICANOS NÃO CREEM NA EXISTÊNCIA DE OUTROS PAÍSES

A voz metálica de Dax estalou no outro lado da mesa:

— E dos meus livros, castelhano, não tens nada a dizer? Tu também pensa que a velha cucaracha imitou os meus *bestsellers*?

— Imitou, sim, mas só no desprezo pela geografia.

Rimos todos. É sempre bom debochar da cara de um americano.

Águeda Christine agitou os anéis como uma serpente sacudiria um chocalho e comentou:

— Rir dos americanos é o último prazer que eles ainda não nos confiscaram. Obrigam-nos a ouvir sua música barulhenta e a ver seus filmes estúpidos.

Quando a gorgolejante gargalhada geral definhou, Borgias prosseguiu:

— Federico Cervantes, em certo trecho da primeira edição de *O Touro Maltês*, cruza a fronteira entre a Bolívia e a Venezuela. Pensei que se tratava de uma brincadeira maldosa de Miguela, que odiava países que têm maioria de índios ou mestiços. Mas, não, era burrice mesmo. Na segunda edição, Cervantes preferiu pegar um avião. Também seu detetive, senhor Dax, cruzou a linha de fronteira entre o Panamá e o Uruguai.

— Leitores americanos não dão bola pra geografia — retrucou Dax. — Não acreditam que existam outros países, além dos Estados Unidos. Pensam que é tudo invenção de agentes turísticos vigaristas.

— Já que estamos frente a frente, senhor Dax, aproveito para saciar uma velha curiosidade que tenho a respeito de seu detetive. Por que Bob Marlon só se fere de raspão nos muitos tiroteios em que se mete? Por que nunca tomou um tiro, por exemplo, nas chamadas partes pudendas?

Aos poucos, a cara de Dax Chamber subia na escala das cores: branca, rósea, carmim, carmesim, encarnada, vermelha, roxa e azulada. Fervia de raiva o filho da nação dos bravos e fortes.

— Espanta-me — prosseguiu o argentino — que seu herói, senhor Dax, vença todas as lutas com um só soco. O senhor nunca viu uma luta de boxe? Às vezes, os idiotas se esmurram durante meia hora e, depois, saem caminhando com as próprias patas.

53

PALAVRAS COSTUMAM DANÇAR DE BRAÇOS DADOS

Nova sessão de gargalhadas. Águeda Christine, com falta de ar de tanto rir, perdida sua britanicidade, abanava-se com um prato.

— O que mais me impressiona em Bob Marlon é que ele jamais aceita as cantadas que recebe das loiras. Por que o senhor o chama de durão, se ele se acovarda diante de um decote? Durão, onde? No queixo que ele oferece com volúpia aos punhos dos bandidos?

Esticada para trás na cadeira, sacudida por um ruidoso riso russo, Fedorova tremia dos pés à testa.

— Perdoe-me, senhor Dax, mas, olhando através da ótica estreita do nosso machismo latino, o seu bravo Bob Marlon não passa de uma bichinha masô.

Nova sessão de gargalhadas quase histéricas. Sim Et Non parecia uma maria-fumaça desembestada morro abaixo. Cada giro de roda uma baforada.

— Leitores gostam de frases curtas — retrucou Dax. — Por isso, os livros que o senhor escreve frequentam os balaios de ofertas. Ao contrário, meus livros têm diálogos secos e muita ação. Tiros, socos, corridas de carro e, de vez em quando, um enterro. Leitores americanos tropeçam nas frases longas. Ficam confusos. Acham que uma palavra de quatro sílabas é um centavo perdido...

— Por falar em dinheiro, senhor Dax, confesso que me comove a honestidade do seu herói. Por que, tendo chances sucessivas de ficar milionário, Bob Marlon só recebe o que foi acertado com o cliente? Ele foi escoteiro na infância?

Gargalhadas estrondosas saudaram a piada de Borgias. Afinal, ele estava vingando o mundo civilizado, que não aguenta mais tanto herói incorruptível, solitário e durão.

— Os americanos pagam pra que lhes contem histórias — retrucou Dax. — Se as histórias forem edificantes, melhor. Sentem que ganharam duas coisas pelo preço de uma. Acreditam na luta entre o bem e o mal, e não se pode fazer nada a respeito. Tenho de dar a eles um cara que vence os bandidos. Se esse cara for honesto, melhor. Terão dois pelo preço de um.

— Mas onde fica o prazer da leitura? — indagou o argentino.

— Somos puritanos, odiamos a palavra prazer. Ninguém nos Estados Unidos lê pra ter prazer. As pessoas leem pra aprender alguma coisa. No mínimo, uma frase engraçada pra usar na lanchonete, entre uma dentada e outra no hambúrguer. Os gregos inventaram a pederastia; os romanos, os impostos. Nós inventamos a obesidade.

— Basta! — berrou Aroeira e bateu na mesa. — Estamos aqui reunidos pra investigar um assassinato e não pra um torneio de piadinhas.

— Perdoe-me se divago, delegado — disse Borgias. — Mas uma palavra puxa outra e, aí, de braços dados, sambando, elas vão formando um animado cordão, que se perde na momesca multidão.

— Que raios! — murmurou Batota junto ao meu ouvido. — O senhor Borgias é mesmo um pândego!

Voltei-me para o português. Demorei a entender por que seu rosto estava duplicado. Por fim, lembrei-me de ter bebido muito uísque. Eu ainda escutava bem, mas minha visão estava comprometida. Ergui o polegar direito para Batota, em sinal de positivo, e voltei-me para Borgias, que reiniciava a falar:

— Todos os livros se assemelham. Mas os livros policiais são ainda mais parecidos, entre si, do que os outros. Embora tolas, as novelas policiais mantêm com galhardia a tradição iniciada com *As Mil e Uma Noites*. Elas têm início, meio e fim, alinhavados por um enredo verossímil. Um romance policial não aceita malabarismos e fricotes literários; propõe-se a contar uma boa história. Se possível, de modo cativante. É isso, modestamente, que faço.

54

A FASCINANTE E OBSCENA ARTE DA DELAÇÃO

Depois que o argentino se calou, os escritores se movimentaram nas cadeiras, com gestos lentos e pesados. Era como se estivessem tratando de sair do sumidouro de palavras em que os enterrara Borgias.

Diante de mim, Fedorova segurava o balde com as duas mãos e bebia a água do gelo que derretera durante o interrogatório. Tomei um gole de uísque e foi como engolir uma acha de lenha. Incandescente. Circulei os olhos pela mesa. O mundo estava solto das amarras. Tudo flutuava no ar. As caras dos escritores eram como balões de festa de aniversário de criança dançando numa brisa ligeira. Embora não conseguisse fixá-los bem, notei que havia um traço de preocupação em todos eles.

O delegado Aroeira parecia curtir o silêncio. Aquele negócio de deixar o silêncio incomodando as pessoas fazia parte da sua técnica investigativa. Seus olhos iam de um a outro escritor, procurando o mais vulnerável entre eles.

— Estou acostumado a interrogatórios — disse o policial, por fim. — Mas até hoje não participei de outro tão interessante. Pra começar, temos comida e bebida à vontade. Em geral, deixo meus interrogados à míngua. Em segundo lugar, reina aqui um clima de cordialidade. Não se ouviu, ainda, o estrondo de um tabefe. Ainda não soltei um palavrão! Por quanto tempo agirei assim?

Todos ali conheciam suficientemente a língua portuguesa para perceber a ameaça embutida na frase.

De repente, o delegado voltou-se para mim e me interpelou em voz alta:

— Gaúcho, é verdade que você gravou tudo o que foi dito aqui hoje à tarde?

Concordei com um gesto de cabeça e mostrei o gravador.

— Essas fitas são preciosas pra investigação — disse o delegado e me olhou de um modo intimidador. — Mas cuidado: por causa delas você se transformou no alvo preferencial de um segundo assassinato?

Engoli em seco.

— Então, meu caro, antes que esses caras almocem você, faça com que eles sejam o meu jantar.

— Não compreendi o que o senhor quis dizer exatamente, delegado — gemi.

— É simples. Dedure os escritores. Exerça aqui a fascinante e obscena arte da delação. Conte-me o que falaram de comprometedor. Eu levaria muito tempo para ouvir as fitas. Como todo jornalista, você está sempre atento aos deslizes dos outros. Pra melhor poder difamá-los, depois. Faça isso, meu filho.

55

O DURO TRATAMENTO DADO AOS SAFADOS NA RÚSSIA

Visto de perto, o rosto de Aroeira parecia o focinho de uma serpente. Naja. Seus olhinhos negros me enfeitiçavam. Imaginei ter visto uma bifurcação na ponta da língua dele. Meu porre foi-se. O mundo voltou a ser fixo.

— Se estou entendendo bem, o senhor quer que eu banque o alcaguete — mastiguei lentamente as palavras. — É isso, delegado?

— Eu gostaria que você visse a questão por outro ângulo. Estou pedindo a você que aja como um patriota. Ajude uma autoridade constituída de seu país, no caso eu, apontando as frases comprometedoras desses estrangeiros suspeitos.

— Sim, durante a tarde mantive o gravador ligado. Registrei tudo o que se falou aqui. Ainda há pouco, rabisquei na minha caderneta as frases mais interessantes. Jornalisticamente falando, é claro.

— Me fale dessas frases, gaúcho. Você é um garoto espertinho. Se me ajudar nessa investigação, terá depois informações privilegiadas. Informarei você em primeira mão sobre assassinatos e atropelamentos de gente famosa em Brasília.

— Eu cá também estou disposto a ajudar a Justiça brasileira — intrometeu-se o Batota. — Tenho uma memória implacável. Endossarei as frases verdadeiras levantadas pelo jornalista e impugnarei as falsas.

— Muito bem — entusiasmou-se Aroeira e, esfregando as mãos, sentenciou: — O mundo lusitano se une diante do avanço dos godos. Vamos, gaúcho, abra sua caderneta!

Senti que aquele era o grande momento da minha vida. Era a ocasião de provar aos mais famosos escritores do mundo que eu não era um simples jornalistazinho. Precisava exibir diante deles meu cérebro atilado, minha argúcia. Respirei fundo e lasquei:

— Na verdade, delegado, fui além de simplesmente anotar frases. Elaborei uma escala de suspeição. Alinhei, por ordem decrescente, o nome daqueles que me pareceram mais suspeitos.

— Espantoso! — exclamou o policial. E seu rosto foi retorcido por um rápido esgar irônico. — Até agora, eu só conhecia sua capacidade ímpar de espancar a gramática... Mas em que critério se baseou você pra criar tal lista?

— A pontuação variou em função do número de frases comprometedoras. Mais frases, mais pontos negativos.

— Estupendo! E quem é o suspeito número um nessa sua lista?

Antes de responder, suspirei fundo e tranquei a respiração por uns segundos: é o meu jeito predileto de espantar rapidamente um pileque:

— Dona Fedorova Smerdlova Dornascostasviskáya.

Como já esperava uma reação, consegui me baixar uma fração de segundo antes da passagem de uma garrafa voadora, lançada com força e destreza pela escritora russa.

— Você sabe o que a polícia faz com jornalistas xibungos na Rússia? — perguntou-me Fedorova, aos berros. — Tiramos a roupa dos safados e mandamos eles correrem pela neve até que o pinto deles fique do tamanho do dedo mindinho.

— Controle-se, dona Fedorova! — comandou Aroeira. — O jornalista está sob minha proteção, enquanto depõe. Depois, se quiser, a senhora pode colocar em prática nele os métodos russos, embora seja difícil achar neve aqui. Continue, Campestre!

56

A MORTE DO SIBERIANO QUE LIA OS LIVROS DE PABLO CONEJO

As ameaças da escritora russa surtiram efeito. Quando voltei a falar, minha voz tremia:

— Dona Fedorova foi a primeira pessoa a falar na possibilidade de morte. Ao reclamar do garçom, que demorava com a cachaça, ela perguntou: "Será que o condenado aproveitou a viagem pra assassinar Mikahilucha?"

Silêncio na sala. Os demais escritores estavam agradavelmente surpresos com a minha atuação. Fedorova apertava com força o gargalo de uma garrafa de cachaça, mas certamente pensava no meu pescoço.

— Mais tarde, ao investigar o quarto da falecida, dona Fedorova falou que estava rezando pela "atormentada criatura" que havia matado a espanhola...

— Não vejo nada demais nessa frase — atalhou-me Aroeira. — Foi a reação natural de uma pessoa religiosa.

— Mas nem sabíamos ainda que dona Miguela havia sido assassinada! — argumentei. — Como poderia ela saber que o criminoso estava atormentado pelos remorsos? A não ser que fosse ela própria a assassina.

— Raciocínio afiado — comentou o delegado.

— Mas teve mais — continuei. Eu estava gostando daquele papel de acusador. — Mais tarde, dona Fedorova disse que a alma da escritora espanhola ainda estava vagando pelo hotel...

— Poderes mediúnicos mais uma vez! — resmungou o delegado, olhando de soslaio para a russa. — Prossiga!

— Dona Fedorova disse que nenhuma mulher, mesmo uma espanhola, aceitaria morrer com uma mantilha tão horrorosa quanto a usada por dona Miguela. Daí, concluiu que a morte tinha sido fulminante...

— Considerações sobre vestuário não têm importância jurídica — afirmou Aroeira.

— Têm, sim — discordei. — Passaram a ter agora que se sabe que dona Miguela teve um ferimento na cabeça. Morreu sem poder tirar a mantilha.

— Conclua! — ordenou o policial.

— Pra culminar, quando se retirava do apartamento da morta, dona Fedorova mostrou-se invejosa da maior vendagem dos livros de dona Miguela.

— Belo trabalho, rapaz — disse o delegado.

Ouvimos um *crash*. Era o gargalo da garrafa cedendo à pressão da mão de Fedorova. Voltamo-nos para ela. A escritora russa bateu a mão na mesa para se livrar dos cacos. Depois, calmamente, tratou de acender um charuto, das mesmas proporções do anterior. Preparava-se para enfrentar Aroeira.

— Dona Fedorova, o que tem a senhora a dizer, depois do que foi aqui falado pelo Campestre? A senhora deve reconhecer que está em maus lençóis.

Fedorova levantou-se de um pulo. Sugava o charuto com força e expelia a fumaça com mais força ainda. Esquecendo-se do detalhe da cor de pele, a russa lembrava uma gigantesca mãe-de-santo baiana em transe. Seu rosto estava contraído, os olhos esbugalhados. Então, de repente, ela explodiu num choro dramático. Urrava, batia no peito e puxava os cabelos. Felizmente, não tinha mais maquiagem para lhe borrar a cara.

— Oh, a doce Mikahilichenka foi levada deste mundo pela sua própria arrogância. Tudo começou no aeroporto de Paris, enquanto esperávamos a chamada do vôo. Falamos mal de editores, de críticos literários e de autores de livros esotéricos. Quando o assunto morreu, ela me perguntou se eu conhecia um novo método de envenenamento. Virgem do Crato, oxente, pra que Mikahila levantou aquele assunto?

Sentindo que tinha um público atento, a russa imprimiu uma maior dramaticidade ao ritual de flagelação que Batota e eu já conhecíamos. Esbofeteava-se, escabelava-se e beliscava-se.

— Mika me disse que precisava matar, com um crime inovador, uma personagem do livro que estava escrevendo. Querendo ajudar aquela quenga, contei que, na Sibéria, uma mulher tinha matado o marido colocando veneno nos livros do paraguaio Pablo Conejo, que ele vivia lendo. Expliquei que a mulher passou estricnina no pé das páginas, pois o cabra da peste molhava os dedos na saliva pra virar as folhas.

57

AQUI, O IMPOSSÍVEL OCORRE A TODO INSTANTE

Águeda Christine lançou um olhar triunfante na direção de Sim Et Non. Batota e eu nos entreolhamos. A história que Fedorova contava reforçava a tese defendida pela escritora inglesa.

— Mikuchina disse que só uma besta de uma camponesa russa podia acreditar numa história tão furada. Ela riu desaforada e me disse: "Deixe de ser ignorante, Feda!" Nós, russos, não toleramos esse tipo de ofensa. Fervi de ódio.

Após breve pausa, para que alguma fumaça fosse sacada do charuto e expelida a seguir, a escritora russa prosseguiu:

— Viajamos juntas, lado a lado. De repente, notei que Mikólia molhava os dedos na saliva pra virar as páginas da

Bíblia, segurando-as pelo alto. Percebi também que ela só lia e relia o Apocalipse. Perguntei por que ela só lia aquele livro. Ela me respondeu que o Apocalipse é a melhor novela policial de todos os tempos porque, no fim, não fica um só sobrevivente pra contar a história.

Parada para reabastecimento: Fedorova sugou um quarto de garrafa de pinga antes de continuar:

— Como Mikutina era soberba! Sabem o que foi que ela me disse depois? Disse que de tanto ler e reler já estava quase decifrando a profecia sobre o Apocalipse. Aquilo foi demais pra minha religiosa alma russa. Minha raiva se transformou em fúria. Quando ela foi ao banheiro, peguei de minha bolsa uma ampola de estricnina concentrada e derramei no alto das páginas do Apocalipse. Depois, aproximei o livro da saída do ar refrigerado, pra que secasse rapidamente.

Em voz alta e grave, Aroeira perguntou:

— Quer dizer, então, que a senhora assume publicamente a autoria do assassinato, por envenenamento, de dona Miguela?

A escritora russa chorou mais alto, puxou com mais força os cabelos e cuspiu muita fumaça antes de responder:

— De jeito nenhum! Reconheço que, levada por uma raiva fundamentada, derramei um pouco de veneno nas páginas da Bíblia de Mikhaila. Mas eu não queria matar a *véia*. Queria apenas provar que é possível envenenar um vivente com aquele método.

— Sejamos sensatos — disse o policial, contrariado. — Não me interessa sua intenção. O que importa é o resultado do seu ato.

— Arre, égua, seu delegado. Agora fiquei mais encalacrada que o Borgias. Mas como não se pode provar que o bilhete dele causou o infarto, não se pode dizer que o veneno que botei no livro matou Miguela. Como poderia ela morrer depois de ler umas dez páginas? O siberiano que lia Pablo Conejo morreu depois de ano! Releu cinco vezes o livro *Vera Mônica Se Decide A Falecer-se*, o que, convenhamos, mesmo sem veneno, mataria um elefante. A polícia russa considerou, naquele caso, que a leitura foi mais devastadora do que o veneno.

— A senhora assume o assassinato ou não? — perguntou o delegado.

— Não. Só aceito ser acusada de ter botado no organismo dela a porção de estricnina. Mas vou requerer uma perícia. Se medirem corretamente o nível de veneno no sangue, ficará provado que ela não morreu por causa do meu veneno.

— Tudo é possível — soprou o policial, desalentado. Um segundo suspeito escorria-lhe por entre os dedos. — No Brasil, tudo pode acontecer. Aliás, o impossível ocorre aqui a todo instante... Bem, se a estricnina e o enfarte não mataram dona Miguela, temos que seguir procurando um outro culpado, certo?

Todas as cabeças ao redor da mesa, num único movimento, concordaram com ele.

— Muito bem — disse o delegado. E, voltando-se para mim, acrescentou: — Quem o nosso Sherloque dos pampas vai acusar a seguir?

Lancei um rápido olhar à minha caderneta. Tinha chegado a hora de atacar o meu segundo suspeito.

58

A FUNDAMENTAÇÃO ÉTICA DOS ATOS HUMANOS

— Georges Sim Et Non — sussurrei.

— Te cuida, malandro! — o francês apontou o cachimbo para mim, como se ele fosse uma pistola. — O inferno está cheio de neguinho dedo-duro! Se tu provar o que tu diz, dou meus punhos pro delegado enfeitar com algemas. Mas, se tu não provar, eu vou botar meia dúzia de advogados em cima de tu. Calúnia e difamação. Os causídicos vão te arranjar tantos processos que tu vai ter que alugar um apartamento perto do Fórum. Pra economizar na condução.

— Não tente amedrontar minhas testemunhas! — berrou Aroeira e bateu com a mão na mesa. — Se um cara aqui tem o direto de encagaçar alguém, esse cara sou eu. Fale, jornalista!

Tentei me explicar ao francês:

— O senhor disse algumas frases estranhas, que eu vou tentar reproduzir aqui. Mas, se eu me enganar, por favor, me corrija.

— Deixe de ser cagão, Campestre! — urrou Aroeira. — Vamos ao que interessa!

— Enquanto investigava o apartamento, o senhor Sim Et Non levantou a tese de envenenamento do almoço de dona Miguela. Como mostrou o laudo, arsênico foi misturado à comida. Seria só coincidência?

Com o escritor francês amordaçado pelo berro de Aroeira, a coragem me voltava. Continuei:

— O senhor Sim Et Non chamou dona Miguela de "bruxa espanhola" e disse que ela morreria envenenada se mordesse a língua. Seria outra coincidência? Por que ele falou tanto em veneno? Tem fixação pelo tema?

— Sacanagem! — reagiu o francês. — Esse moleque é um pilantra. Eu jamais misturaria arsênico francês num prato de feijão com arroz. Delegado, quero registrar o meu mais veemente protesto...

— Envie seu protesto ao embaixador da França — respondeu o delegado, com uma vênia. — Prossiga, gaúcho!

— Dona Águeda disse que o senhor Sim Et Non odiava profundamente dona Miguela porque ela era a escritora policial mais apreciada pelos críticos franceses.

Com mãos trêmulas, o escritor francês enchia de fumo seu cachimbo:

— Nunca vi malandro mais otário! Como é que eu, francês de Paris, teria inveja de uma espanhola?

— O senhor quer dizer que não tem nada a ver com a morte de dona Miguela, é isso? — indagou o delegado.

— Isso aí também não! Tirei a minha lasca.

O francês acendeu o cachimbo e, baforando bastante, mãos nas costas, deu uma volta na sala:

— Vou falar a verdade. Na batata. Depois do almoço, eu passava pelo corredor. Trazia na mão uma caneta esferográfica baratinha, de plástico transparente, sem carga dentro. A caneta estava pronta pra funcionar como uma pequena zarabatana.

Atentos à narrativa do francês, mergulhamos num silêncio grosso que só poderia ser cortado com tesoura.

— Aprendi a soprar zarabatana na África. Quando moleque, eu passava férias com meu avô, que possuía uma fazenda de criação de hipopótamos no Senegal. De manhã, eu lia Molière para os negrinhos, que, em troca, à tarde, me ensinavam a soprar zarabatana... Pois bem, vinha eu por este corredor pensando. Franceses estão sempre refletindo sobre coisas como o obscuro sentido da existência, o trágico destino da humanidade e a fundamentação ética dos atos humanos. De repente, virei o rosto. E o que vi pela porta aberta do apartamento? Vi Miguela de Alcazar, comodamente instalada numa poltrona, lendo um livro. Num movimento muito rápido, levei a zarabatana improvisada aos lábios e soprei.

59

ABRIR O CORAÇÃO NÃO É O MESMO QUE CONFISSÃO

— O senhor poderia nos dizer o que havia dentro da zarabatana? — perguntou Batota, quando o francês se calou.

— Um pequeno dardo — respondeu Sim Et Non.

— E o que havia na ponta do tal dardo? — quis saber Aroeira. — Veneno?

— Não apenas na ponta — explicou o escritor francês. — O dardo todo era veneno, uma substância líquida endurecida por congelamento.

— Sim, mas esse tal de dardo foi soprado em que direção, tchê? — indagou Dax.

— Miguela de Alcazar era o alvo.

— Ô mano, de que substância, afinal, era feito o dardo? — intrometeu-se Foo.

Um mosquito sobrevoou a mesa. No seu voo errático, avançava de lado, como um avião de caça atingido na asa, tonto. Devia ter picado Fedorova.

O francês matou o suspense:

— De peçonha de víbora.

Um novo *oh*! de fundo espanto correu ao redor da mesa.

— O dardo acertou o alvo — disse Sim Et Non. — Uma veia azulada do enrugado pescoço de Miguela.

— O senhor é o primeiro a admitir claramente que queria matar a espanhola — comentou o delegado.

— Não foi tentativa de homicídio, não — disse o francês. — Soprei a zarabatana apenas pra ganhar uma aposta literária.

— Explique essa aposta — rosnou Aroeira, irritado.

— Quando a gente desembarcou no Rio de Janeiro, Miguela me perguntou se eu não conhecia um método criativo de assassinato. Contei a ela que cientistas franceses congelam veneno na forma de um pequeno dardo, que é carregado em um estojo térmico. O dardo só pode ficar cinco segundos na mão da pessoa que vai arremessá-lo.

Soprado em zarabatana, ele mata a vítima na hora, caso acerte numa veia, e desaparece. Quando concluí minha fala, Miguela caiu na risada e disse: "Dardo de veneno congelado? A única invenção francesa decente é o perfume, que vocês criaram pra poder tomar um só banho por semana."

Batota soltou uma bela gargalhada. Compreendi a hilaridade do pobre homem. Afinal, no Brasil, é raro alguém contar uma piada que não seja de português.

— Putisgrila, na hora, o sangue me subiu pra cabeça — grunhiu Sim Et Non, com os lábios tremendo. — Pensei: tu vai ver se existe ou não o tal dardo! Ao chegar aqui no hotel, meti na geladeira do meu apartamento uma mostra do veneno que eu trazia comigo. Hoje, depois do almoço, pelo buraco da fechadura, mandei o dardo contra Miguela.

— Isso é uma confissão completa e absoluta! — rugiu Aroeira. — Considere-se preso!

— Manera, delegado! — pediu Sim Et Non. — Em tese, sou só o terceiro assassino de Miguela de Alcazar. Não confessei nada, apenas abri meu coração, como fizeram antes *monsieur* Borgias e *mademoiselle* Dornascostasviskáya.

— O senhor também vai alegar que a dose não foi letal — disse o delegado.

— Necas de pitibiribas! Não vou usar uma desculpa tão esfarrapada. Garanto que Miguela já estava morta quando meu dardo lhe atingiu o pescoço. Além disso, veneno não mataria uma víbora como ela. A homeopatia diz que semelhantes se anulam. Soro antiofídico se faz com veneno de serpente.

60

DA IMPOSSIBILIDADE DE SE ASSISTIR A UM FILME FRANCÊS

Aroeira deixou cair a cabeça. Estava à beira de um ataque de choro. Tivera três suspeitos debaixo do olho, mas todos haviam conseguido escapar. O delegado sentia que estava sendo enrolado e se desesperava. Penalizado, murmurei no ouvido dele:

— Ainda não acabei de ler a minha lista.

O policial voltou-se na minha direção, cabisbaixo, e olhou-me de um modo estranho. Levou algum tempo para reconhecer-me.

— Sim, Campestre — disse, por fim, sem convicção. — Leia o nome do próximo acusado.

— A terceira pessoa da minha lista é *lady* Águeda Christine — anunciei, com voz firme. — Ela começou a se incriminar quando defendeu, no início das investigações, a tese do assassinato pelo envenenamento das folhas da Bíblia. Desconfio que seja cúmplice de dona Fedorova. Cúmplice ou mentora! Não acredito em simples coincidência.

— Eu também não — concordou Aroeira. E, com voz arrastada de cansaço, acrescentou: — A senhora teria algo a nos dizer sobre isso?

— Uai, admito que é uma coincidência estranha demais da conta. É pouco provável que uma inglesa da classe mais culta tenha idéias iguais às de uma russa de baixa extração.

— Continue com as acusações, promotor! — ordenou-me Aroeira, irônico.

— *Lady* Águeda garantiu que dona Miguela havia sido assassinada quando a porta de seu quarto já estava fechada. Insistiu nisso com muita segurança. Por que teria essa convicção?

— Bem anotado — comentou o delegado. E, voltando-se para a escritora inglesa, perguntou: — O que a levou a pensar assim?

Águeda Christine fuzilou-me com os olhos antes de responder:

— Elementar, uai! Eu vi o gerente abrir a porta do apartamento e Miguela estava lá dentro, morta. Raciocinei logo: foi morta com o quarto fechado. Reconheço que é uma hipótese sofisticada, inaceitável num país primitivo. Mas apostei nela porque, afinal, aqui estão reunidos escritores de livros policiais. E mesmo os escritores mais imbecis são mais espertos do que a média das pessoas.

Reunindo coragem, eu a interrompi:

— O senhor Georges Sim Et Non insinuou que a senhora odiava mortalmente dona Miguela por causa do sucesso que ela teve com a adaptação cinematográfica dos seus romances.

A escritora inglesa explodiu numa gargalhada pouco britânica, contorceu as mãos cheias de anéis, sacudiu negativamente a cabeça de cabelos azuis e rugiu:

— Isso é demais da conta! Eu me recuso a responder a insinuações de um francês. O que um francês pode saber sobre cinema? Quem viu um filme francês até o fim?

— Calma, dona Águeda! — pediu Aroeira, vendo que a velhota estava à beira de um ataque dos nervos.

— Este interrogatório estúrdio quase me fez perder a elegância — cacarejou a escritora inglesa, já de posse da sua pose. — Quem leu meus livros sabe que os interrogatórios ingleses transcorrem sempre num clima de alta civilidade. As pessoas vão sendo paulatinamente acusadas. As suspeitas convergem pra alguém. De repente, quando o leitor pensa que identificou o assassino, eu puxo o tapete. Aí, aparece o verdadeiro culpado. Tudo extremamente refinado! Mas o que temos por aqui? Seis escritores, um policial, um repórter e um português. O que têm em comum? Estão bêbados como bodes. Pergunto: o que se pode esperar de um trem desses?

Aroeira, de mão fechada, deu um murro na mesa:

— A senhora pode ser mais chique e coisa e tal, mas, no fundo, só quer tirar o corpo fora! Mas, se acha que vai escapar da cadeia porque no Brasil só os pobres vão em cana, saiba que está enganada!

6 I

SÓ ACREDITO EM HERÓIS LOIROS DE OLHOS AZUIS

Antes que o delegado me pedisse o nome do suspeito seguinte, uma figura pequena, entalada num terno preto, levantou-se do outro lado da mesa.

— Palavras servem mais pra enganar do que pra apontar a verdade — filosofou Foo. — No Oriente também é assim, mas nós, pelo menos, botamos um pouco de poesia no meio: flores, pássaros e luares. Todos nos perdemos na escura floresta das palavras, manos. O que diferencia um escritor de um homem comum é que o escritor sabe escapar do labirinto das frases mais intrincadas. Ele segue a exata rota das palavras e acha a saída, mesmo que ela esteja próxima da porta da cadeia. Delegado, o senhor está tentando agarrar com a mão um peixe ensaboado.

— Belo discurso — respondeu Aroeira, seco. — Mas, eu lhe pediria que se concentrasse na questão central: a morte da escritora. O senhor vai tirar o corpo fora ou pretende me ajudar?

— Quando entrei no apartamento, notei que a mantilha de dona Miguela estava abaixada num ponto — prosseguiu o risonho escritor. — Pensei: ôrra, meu, essa velha levou uma cacetada na cabeça! O assassino mais frio sempre ataca na cabeça.

Fez-se na sala um silêncio sobressaltado. Os escritores não estavam gostando daquela conversa. O chinês parecia disposto a dizer a verdade.

— Orientais são mais pacientes. Temos mais saco, mano, entende? Examinei o tapete com atenção. É preciso dar um tempo pra verdade entrar pelos nossos olhos. De repente, vi as estranhas marcas de sapato.

O escritor chinês fez um giro em volta da mesa com o olhar e prosseguiu:

— Era sapato de mulher, com salto alto de ponta fina. Logo diferenciei as marcas que avançavam das que recuavam. Ao chegar perto de Miguela, a pessoa fazia mais força sobre o pé direito. Depois, ao sair dali, apressada, a pessoa deixou marcas que se inclinavam pra esquerda. Então a verdade, mais luminosa que fogos de artifício, brotou no meu coração...

A narrativa foi cortada por um espirro nervoso de Batota.

— Descobri que alguém tinha entrado no apartamento carregando um troço pesado na mão direita e, saído, às pressas, com o peso na mão esquerda. Observando a cabeça de Miguela, vi que tinha sido ferida por algo arredondado como... Halteres! Pensei: puta, mano, usaram o meu próprio halter pra matar a velha!

Batota deu-me uma cotovelada e lançou-me um olhar esperançoso do tipo: agora vai! Gato escaldado, eu tinha dúvidas. Preconceito meu, reconheço. Desde que me conheço por gente, vejo filmes em que os orientais são bandidos. Quero dizer, nos filmes americanos, os bandidos são sempre russos, alemães, índios, africanos, asiáticos e cucarachas. Por causa dos americanos, só acredito em heróis loiros de olhos azuis, de preferência protestantes.

62

ASSASSINOS TÃO SILENCIOSOS QUANTO GATOS DE PANTUFAS

— Halter? — perguntou o delegado. — Que bicho é esse?

— É um aparelho de fazer ginástica — explicou o japa. — É uma haste de ferro com bolas nas pontas.

— Sei. Mas o senhor trouxe um treco desses para cá?

— Sim. É um de cinco quilos, que eu esqueci no restaurante, durante o almoço. Mas, depois, misteriosamente, ele reapareceu no meu apartamento...

— Vamos por partes! — cortou Aroeira. — O senhor saberia nos dizer a quem pertenciam os tais sapatos de salto alto?

— Claro, meu — respondeu o chinês, sorrindo. — São de *lady* Águeda Christine. Aliás, ela está com eles neste exato momento.

Todos os que estavam em volta da mesa, num só gesto, se voltaram para a escritora inglesa, que fuzilava Foo Lee Shi Man com os olhos.

O delegado pigarreou e insistiu:

— O senhor está me dizendo que *lady* Águeda bateu com um objeto pesado...

— O china está coberto de razão — atalhou a escritora inglesa, a voz quase sufocada pela raiva. — Por incrível que pareça, ele disse a verdade verdadeira. Entrei no quarto com um halter na direita e saí de lá com ele na esquerda. Mas não passou de uma aposta...

— Outra aposta? — Aroeira sorriu nervosamente.

— Uai, foi isso mesmo! Ingleses adoram apostar. No nosso caso, uma inocente aposta.

— Como foi isso? — quis saber o delegado.

— A gente vinha de camionete do aeroporto pro hotel. De repente, Miguela se virou pra mim e debochou: "Como admiro os seus assassinos, Águeda! São todos tão silencio sos quanto gatos de pantufas!" Virei pra ela e retruquei: "Bobinha, meus assassinos são com eu, que não faço ruído ao caminhar." Ela riu e disse: "Se você é a pessoa mais silenciosa, eu sou a que tem o melhor ouvido. Escuto a grama crescendo. Ninguém se aproxima de mim sem que eu perceba." Então, eu disse assim: aposto que me aproximo *d'ocê* sem *qu'ocê* perceba. *Quand'ocê* notar minha presença, vai ser tarde demais da conta: poderia estar morta. Ela riu e estendeu a mão pra mim. "De acordo, mas não seja burra. Se me matar, você ganha a aposta, mas não leva a grana."

A escritora inglesa colocou a mão diante dos olhos e contemplou um bocado seus muitos anéis antes de continuar:

— Hoje, depois do almoço, quando vi aberta a porta do apartamento de Miguela, lembrei-me da aposta. Parei no corredor. Ela estava lendo, quietinha. Resolvi me aproximar dela levando na mão um cortador de unhas, que representaria uma arma. Mas, ao abrir a bolsa, minha mão bateu em algo duro. Era um halter que eu havia achado debaixo da mesa enquanto almoçava. Decidi empunhar aquele trem pra dar mais realismo à cena. Aí, pé por pé, entrei no apartamento. Eu estava com as mãos molhadas de suor. Era de nervosismo. Bem rapidinho me aproximei dela, por trás. Levantei o peso sobre a cabeça dela. Quando fui chamar, pra que ela visse que tinha perdido a aposta, o halter resvalou da minha mão úmida. O trem acabou batendo na cabeça de Miguela, que não reagiu. Achei que ela tinha desmaiado. Saí dali imediatamente, chateada de ter sido desastrada. Saí sem cobrar os dez mil dólares da aposta. Até pensei: puxa, ela nem notou que perdeu a aposta.

— A senhora assume a autoria da pancada na cabeça? — perguntou Aroeira.

A resposta da escritora inglesa foi imediata:

— Assumo, uai! Quando a gente soube que Miguela estava morta, cheguei a pensar que tinha matado a coitada... Mas agora tenho certeza de que não matei. Quando o ferro bateu na cabeça dela, a pobre bichinha já estava morta. Duas vezes morta, pra ser exata. Já tinha sido envenenada por Fedorova e pelo dardo de Sim Et Non.

63

BREVES CONSIDERAÇÕES EM TORNO DA PALAVRA BOFETADA

O delegado soltou um suspiro que consumiu um minuto entre o seu começo, sibilante, e o seu final, gutural. O mais tocante suspiro de desalento que presenciei até hoje. Depois, lentamente, voltou-se para o escritor chinês:

— Que fazia o seu halter sob a mesa do almoço?

— Aproveito a hora do almoço pra fazer exercícios. Boto o halter no peito do pé e fico levantando. É pra fortalecer a panturrilha.

Um tique nervoso repuxou o rosto do policial. O pobre homem sentia que estava sendo enrolado de novo, e não conseguia reagir. Os suspeitos eram mais espertos do que ele.

Para minha surpresa, Batota inclinou-se junto ao delegado e sussurrou:

— Todos já tiraram o corpo fora, senhor Aroeira. Vá para cima do chinês! Parece ser o mais parvo. Seja duro, que ele certamente confessará. O senhor precisa de um culpado pra encerrar este caso. Sem culpado, os jornalistas vão escrever reportagens pedindo a vossa demissão.

Aroeira aprumou-se. Levantou o queixo, ajeitou os ombros e encheu o peito de ar. As frases do português tinham injetado nele a adrenalina de que necessitava para fechar o interrogatório. O delegado estendeu o braço direito na direção do chinês e trovejou:

— Até agora o interrogatório foi público, mas posso transformá-lo em reservado, o que é sempre ruim pra saúde dos depoentes. Costumo começar as perguntas depois do que chamo de bofetada inicial. O senhor conhece o significado da palavra bofetada?

— É o mesmo que tabefe? — perguntou o chinês.

— Exato — respondeu Aroeira, entusiasmado. — A bofetada não visa a ferir o interrogado. Serve apenas pra humilhá-lo. Pior do que a dor é o estalo da mão na bochecha. Pessoalmente, não gosto da palavra bofetada. Prefiro formas mais concisas: tapa ou bifa...

— Prefiro confessar em público o que seria mais doloroso em um local fechado — admitiu Foo Lee Shi Man. — Também contribuí pra morte de Miguela de Alcazar.

— Foi por causa de uma aposta maluca também? — perguntou Aroeira, ressabiado.

— Desafio é a palavra mais correta, mano. No aeroporto do Rio de Janeiro, *lady* Águeda me disse: "Foo, pra mim, um dos maiores mistérios do mundo é a mediocridade chinesa. Vocês são o povo mais numeroso da terra, mas contribuíram pouco para a história da humanidade."

— Você ficou com raiva e decidiu matá-la? — perguntou Aroeira.

— Não. Respondi que o mundo de hoje só é como é por causa dos chineses. Lembrei que a gente inventou a pólvora e que, sem ela, a população da Terra seria ainda mais numerosa. Falei do papel, do macarrão e da bússola. Miguela comentou: "Por que um povo que criou coisas importantes no passado vive hoje só copiando o que fazem os outros povos?" Retruquei: "A senhora, que se julga culta, deve conhecer a mais nova invenção chinesa, porque se trata de uma maravilhosa técnica de assassinato." Arrogante, ela me respondeu: "É claro que sei do que se trata. Vamos fazer o seguinte: use essa tal técnica contra mim. Se eu não o desmascarar no momento em que me atacar, não me chamo Miguela de Alcazar."

— Qual é essa nova invenção chinesa, afinal? — perguntou Aroeira, interessado.

— O gás paralisante inodoro. Por acaso, eu trazia comigo uma ampola com esse gás. Hoje, por volta da uma hora, enfiei pelo buraco da fechadura do apartamento de Miguela uma seringa hipodérmica. E injetei o gás, como ela havia pedido...

— Mas esse gás era mortal? — indagou o policial.

— Quase sempre, mano. Dependendo da umidade relativa do ar e da temperatura.

— Mortal ou não, o que importa é que o senhor tentou matar dona Miguela!

64

ÁLIBIS MAIS FURADOS DO QUE PENICO DE TIRO AO ALVO

— Não! — reagiu o chinês. — Apenas topei o desafio que ela me fez. Mandei o gás, como ela pediu.

— De todo modo, o senhor é aqui o sujeito que mais tem cara de assassino — disse Aroeira, e se levantou. — Cara de frio assassino oriental.

— Não discordo, meu, mas não posso me responsabilizar pelo conjunto da obra. Assumo só a parte do pulmão. Mas tem um detalhe sórdido: é quase certo que, quando mandei o gás, a Miguela já estava morta.

Aroeira deu um murro na mesa e, olhando para o lustre, como se o interrogasse, falou:

— Que devo fazer? Prendo todos ou mando todos embora? Um alega que foi o outro, e assim por diante. É o maior jogo de empurra que vi na minha vida.

Depois, encarando os escritores, acrescentou:

— Acho que vocês vieram pro Brasil com o fim único e exclusivo de me enlouquecer. Prefiro os bandidos brasileiros!

Resolvi dar apoio moral ao delegado:

— É isso aí, doutor Aroeira. Perto desse povo aqui, bandido brasileiro é fichinha.

Com um breve gesto de cabeça, o policial me agradeceu e, em seguida, apontou o dedo para Dax Chamber:

— E o senhor aí, por acaso, não se meteu no assassinato de Miguela de Alcazar?

— Bah, tchê, tô fora! Sou o único inocente. Nunca vi tanta gente malvada junto. Olha, vou te dizer uma coisa: já na chegada ao hotel, eu notei que a castelhana estava em pânico, mais assustada que cozinheira de hospício.

— Como assim? — perguntou o delegado.

— Perguntei pra ela: "Por que tu tá tão encagaçada, Miguelita?" Ela me disse: "Dax, sinto que vou morrer aqui nesta cidade horrorosa." A coitada da velha chorava de fazer barro. Mandei que ficasse tranquila. Aí, ela se lamentou: "Dax, tu ganha muito mais dinheiro do que eu." Eu respondi que isso não tinha importância porque dinheiro na minha mão dura tanto quanto cuspe em ferro quente.

— Quer dizer que o senhor era amigo dela? — indagou Aroeira.

— Não muito. Ela era dissimulada. Quando queria enrolar alguém, ela arrodeava mais que cusco com pulga na cola. Tinha mau hálito, a vivente, fedia mais que arroto de urubu. Numa hora ela me disse: "Tenho um pressentimento ruim."

— Mas ela lhe disse alguma coisa concreta? — perguntou o delegado. — Deu pistas sobre quem quereria matá-la?

— Necas — respondeu o americano. — A pobre estava derrubada, sem ânimo, mais caída que orelha de perdigueiro. Pra consolar a coitada, caí na asneira de dizer assim: "Tu ainda vai escrever um bom livro, um dia." Pra quê? A mulherzinha ficou mais braba do que touro laçado pelos bagos. Aí, ela me disse: "Por que você não aproveita que está aqui no Brasil e vai à merda, Dax?" Eu me afastei dela...

— Só isso? O senhor não tentou depois, por nenhum meio, matá-la?

— Claro que não, delegado. Se tivesse tentado matá-la, teria acertado de primeira. Americanos são eficientes. E depois eu não ficaria, como esta gente aqui, apresentando desculpas mais esfarrapadas que camisas de pobre. Os álibis apresentados por eles são mais furados do que penico de tiro ao alvo. Se o senhor prendesse todos esses escritores, seria uma grande festa para a imprensa local. Mas, infelizmente, acho que o assassino foi cometido por uma pessoa de menor importância...

— Como assim? — Aroeira agitou-se. — O senhor tem um suspeito?

— Tenho mais do que um suspeito — respondeu Dax. — Tenho o nome do culpado.

65

AMEAÇA VELADA DE BOICOTE À COMPRA DE BANANAS

Vagarosamente, o americano estendeu o seu braço. Depois, aos poucos, espichou o indicador. A seguir, sempre lentamente, girou o indicador na direção de Joaquim Manoel Batota.

— Foi o português. Foi ele quem levou a comida até o quarto da velha. Ele está mais quieto do que guri cagado porque sabe que tem culpa no cartório. Foi ele quem meteu arsênico na comida da velha!

— Bem sacado! — exclamou Aroeira. E pôs a mão no ombro do gerente do hotel. — Considere-se preso! É você o principal culpado, sem dúvida. Vejo tudo muito claramente agora. Sem dúvida, a morte da velha decorreu do almoço. Depois, já agonizando, lambeu estricnina, recebeu o golpe na cabeça e a flechada da zarabatana. O gás, obviamente, só foi colocado no quarto depois da porta ter sido fechada, quando ela já estertorava. O enfarte também deve ter ocorrido por causa do almoço. Sim, tudo partiu de você.

Estarrecido, Joaquim Manoel Batota não disse nem ai.

— Acho que ele é inocente, delegado — me intrometi.

— Que sabe você, gaúcho, além de tirar leite de vacas?

— Me perdoe, doutor Aroeira, mas portugueses só matam sardinhas e bacalhaus. O senhor, por acaso, já prendeu um português?

— Nunca, nenhum — o delegado vacilou. — Mas tudo nos leva a crer que o almoço envenenado desencadeou o falecimento. Havia arsênico na comida, segundo o laudo.

Voltei-me para o gerente do Brasília Palace Hotel e perguntei:

— Você encontrou com alguém pelos corredores quando trazia a comida?

— Não cruzei por ninguém — respondeu ele, quase chorando.

— Pense mais! Você corre o risco de ir parar atrás das grades. Quem estava perto de ti, no restaurante, enquanto preparava a comida pra dona Miguela?

— No restaurante? O senhor Chamber! Isso mesmo! — o português exultou. — Ficou ao meu lado, a recomendar-me o que colocar no prato. Disse-me que era amigo íntimo de dona Miguela e que sabia exatamente o que ela gostaria de comer. Ah, fez também questão de colocar bastante sal no prato. Disse-me que dona Miguela era apaixonada por comida salgada.

— O senhor não terá confundido o saleiro com um potinho de arsênico? — perguntou Aroeira a Dax.

O americano moveu-se inquieto na cadeira:

— Bah, esse português é mais falso que idade de mulher. Jamais vai provar o que disse aqui. Mas, mesmo que tivesse provas, de que valeriam elas? Pelo que sei, até hoje nenhum americano foi condenado num país latino-americano. Não daria certo.

— Por que não daria certo? — perguntei.

— Porque pararíamos de comprar as bananas. E a economia de vocês iria a pique em uma semana.

— O duro é que esse gringo safado tem razão — suspirou Aroeira. — Se eu prendo ele, tomo um inquérito pelos cornos.

— Mas o senhor não vai prender ninguém pela morte de Miguela de Alcazar? — indignei-me. — Esses caras vêm pra cá, matam e não acontece nada.

— Como não acontece nada? — perguntou o policial, ofendido. Depois, lenta e majestosamente, levantou-se. Pra mostrar que era um cara durão, deu um senhor soco na mesa e urrou:

— Tá todo mundo em cana! Vamos pro xilindró!

Eu ainda quis reagir, alegando que Batota e eu não tínhamos nada a ver com o crime, mas o argumento de Aroeira me derrubou:

— Eles não poderiam ter cometido esse crime sem a ajuda de cúmplices locais!

66

FECHAM-SE AS CORTINAS

À meia-noite, chegamos à penitenciária da Papuda. Fomos enfiados os oito — os seis escritores, Batota e eu — num enorme xadrez onde já estavam dezoito assaltantes e catorze sequestradores.

Logo depois começaram a explodir os telefonemas dos embaixadores na casa do secretário de Segurança Pública. O homem resistiu o máximo que pôde. Meia hora ou quarenta minutos. Ainda no início da madrugada, os escritores foram liberados. Seguiram diretamente para o aeroporto e embarcaram num jatinho fretado com destino ao Rio de Janeiro. Junto com eles seguiu o corpo de Miguela de Alcazar.

Batota e eu ficamos em cana até as dez da manhã.

A tal reportagem que iria me fazer famoso não saiu na época. Pimentão recebeu "ordem superior" para não publicar o que eu havia escrito sobre o congresso. Sujeitos mal encarados procuraram Batota no hotel e mandaram que ele fechasse o bico para não ter, depois, que comer capim pela raiz.

Aquela época, final dos anos setenta, foi ruim para a imprensa. Mesmo jornalistas corajosos e íntegros, como Pimentão, tinham que se submeter ao arbítrio do governo militar. Não podíamos denunciar os descalabros dos poderosos de plantão. A censura nos amordaçava.

Agora, passados tantos anos, resolvi retomar minhas anotações. Liguei um gravador e escutei as muitas fitas gravadas na época. E mandei ver no computador. Aqui está este livro, meu testemunho sobre o congresso de escritores policiais que acabou não se realizando em Brasília.

Pena que não existam fotos para provar a minha história. O fotógrafo do jornal iria ao hotel só no dia seguinte.

No mês passado, visitei o Instituto de Criminalística, mas não encontrei lá nenhum laudo sobre a morte de uma mulher chamada Miguela de Alcazar. Não encontrei nem mesmo as fotos tiradas pelo lambe-lambe da Polícia.

Se agora publico este relato hoje, é porque, como dizia o falecido Pimentão, a verdade é como defunto afogado: sempre vem à tona.

Impresso no Brasil pelo
Sistema Cameron da Divisão Gráfica da
DISTRIBUIDORA RECORD DE SERVIÇOS DE IMPRENSA S.A.
Rua Argentina 171 – Rio de Janeiro, RJ – 20921-380 – Tel.: 2585-2000